U0112013

大展好書 好書大展

大展好書 好書大展

精選系列 15

封鎖台灣

新・中國-日本戰爭(三)

森詠著
林雅倩譯

大展出版社有限公司
DAH-JAAN PUBLISHING CO., LTD.

目錄

●主要登場人物●

日本

〈北鄉家〉

北鄉正生　父　外務省顧問　退休　擔任財團法人國際開發中心理事
美智子　母
譽　外務省北京日本大使館一等書記官（N機構情報員）
涉　海幕幕僚　三佐
勝　自由譯員　曾到上海大學留學
弓　希望成爲畫家　在北京大學文學部學習比較文學科留學

〈政治家・官僚〉

濱崎茂　首相
北山誠　內閣官房長官
青木哲也　外相
辻村彰　外務省情報局長（N機構次長）
向井原一進　內閣安全保障室長　前統幕議長（N機構局長）

重田元介　聯合國大使

〈**自衛隊**〉

蟹瀨幹雄　三等海佐　潛水艇「雪潮」艦長

三浦修　一尉　同艦副長

中國

〈**劉家（客家）**〉

劉達峰　祖父　八路軍上校

劉大江　父　人民解放軍海軍少將　海軍參謀長

　玉生　妻

　小新　長男　人民解放軍陸軍中校

曉文　長女　事務員

汝雄　次男

劉重遠　劉小新的叔父　香港實業家

進　留學於北京大學

〈中國共產黨、政府〉

江澤民　國家主席、總書記、中央軍事委員會主席

唐偉長　首席聯合國大使

〈總參謀部作戰本部（民族統一救國將校團）〉

秦　平　陸軍中將（新任）　總參謀部作戰部長　新黨政治局員　新中央軍事委員

賀　堅　陸軍上校

郭英東　陸軍中校　劉小新陸軍中校的同學

〈廣東軍（第四二集團軍）〉

孫光覽　陸軍上校

遲勃興　陸軍上校

姚克强　陸軍上校

徐有欽　陸軍中將

白治國　陸軍少將

王　捷　陸軍准將

胡　英　陸軍中尉

鍾　揚　空軍少尉

〈廣東政府〉
葉選平　廣東省的實力者
葉永福　證券公司董事長　前人民解放軍技術幹部

〈中國海軍東海艦隊〉
惠中一　海軍少校　潛水艇「鐵鮫」七一號艦長
江志傑　海軍上尉　同艦副長

〈其他〉
顧永建　香港人　香港黑社會『紅龍』的老大
于正剛　廣州人　前爲軍人，現在是實業家，暗地裡從事走私生意
趙忠誠　汽車解體工廠廠長
安　龍　神秘男子　救國將校團的代理人
王　蘭　王中林的女兒　暱稱小蘭

臺灣
李登輝　總統　國民黨
呂　玄　行政院院長

薛德餘　外交部長
袁元敏　國民黨顧問　是白髮長老級人物
羅少佐　神秘男子　臺灣諜報機構的首領

〈**中華民國海軍**〉
丁文元　海軍中校　飛彈護衛艦「成功」艦長

〈**劉家（客家）**〉
劉仲明　中華民國軍准將　劉小新的叔父
　萬理　臺灣空軍中尉
　文志　美國ＭＩＴ留學生
　莉莉　大學生

美國
懷德辛・普森　總統　共和黨
約翰・吉布森　國務長官　新門羅主義者
巴納德・格里菲斯　負責安全保障問題的總統特別輔佐官　對日穩健派
多納爾德・海因茲　國防長官

湯瑪斯・賀南　國家安全保障局（NSA）局長　前美韓聯軍司令官
艾德蒙德・加納　CIA長官
馬亞・艾爾茲巴格　負責經濟問題的特別輔佐官
喬安・克巴亞西　美國駐聯合國首席大使

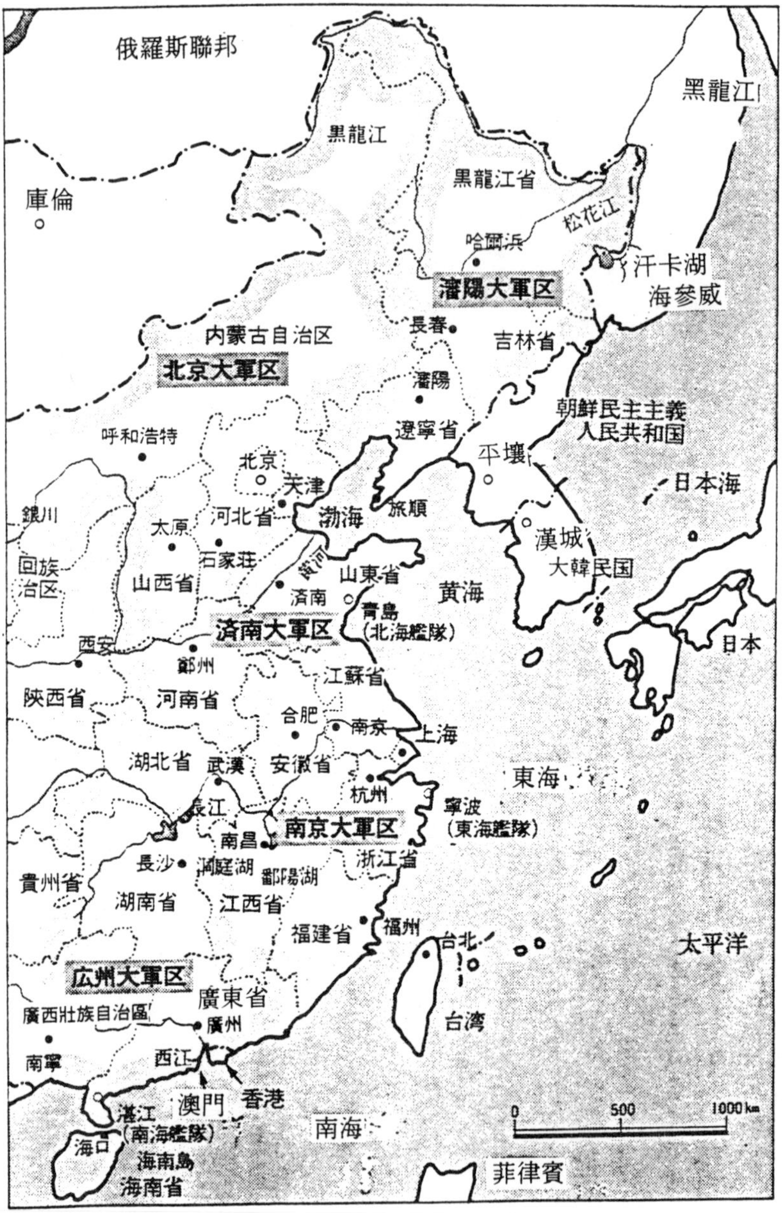
俄羅斯聯邦
黑龍江
黑龍江
黑龍江省
庫倫
松花江
哈爾浜
汗卡湖
瀋陽大軍区
海参威
長春
吉林省
内蒙古自治区
北京大軍区
瀋陽
朝鮮民主主義
人民共和国
遼寧省
呼和浩特
平壤
北京
天津
日本海
旅順
銀川
太原
河北省
渤海
石家荘
漢城
回族
治区
黄河
山東省
大韓民国
山西省
黄海
済南
青島
(北海艦隊)
済南大軍区
日本
西安
鄭州
江蘇省
陝西省
河南省
合肥
南京
上海
湖北省
武漢
安徽省
東海
杭州
寧波
(東海艦隊)
長江
南京大軍区
南昌
長沙
洞庭湖
鄱陽湖
浙江省
貴州省
湖南省
江西省
福州
福建省
台北
太平洋
広州大軍区
廣東省
台湾
廣西壯族自治區
廣州
南寧
西江
湛江
澳門
香港
(南海艦隊)
南海
海口
海南島
海南省
菲律賓
0
500
1000km

中國全圖與各大軍區
貝加爾湖
哈薩克
塞桑湖
巴爾邦湖
蒙古
吉爾吉斯
烏魯木斉
伊希克克里湖
新疆維吾爾自治区
巴基
斯坦
蘭州大軍区
青海湖
寧夏
自
西寧
青海省
蘭州
瀾滄江
甘肅省
西藏自治區
尼泊爾
拉薩
怒江
四川省
成都
加德滿都
錫金
不丹
金沙江
成都大軍区
印度
貴陽
邦格拉迪休
雲南省
昆明
達卡
緬甸
越南
河內
湄公河
孟加拉灣
塔希爾溫河
泰國
寮國
紅河

第一章　內部的秘密工作

1

上海　七月十日　下午九點三十分

房間裡一片的昏暗。房間的中央附近有電燈從天花板垂掛下來，只照亮在其下方的地面。地面上放著洗臉盆，在其周圍圍了兩三圈大約四、五十個人，在那兒聚精會神地看著洗臉盆。

洗臉盆中有兩隻黑色的蟋蟀在互相纏鬥著。周圍的人手握著紙幣，拼命壓抑住聲音，屏氣凝神地看著蟋蟀鬥毆的情形。在室內瀰漫著一種凝靜卻異樣的興奮。

北鄉弓看著觀衆們凝靜的狂熱表情，用手肘戳了戳在旁邊的勝。

「有什麼好看的啊？鬥蟋蟀有什麼好看啊！」

弓的聲音太大了，周圍的人都瞪著弓，一起把手指放在唇上，發出「噓—」的聲音。弓在黑暗中慌忙地伸出舌頭來。

「安靜。這就是上海著名的鬥蟋蟀。如果周圍的人發出聲音的話，蟋蟀就會因爲警戒而失去了戰意。因此，規定大家不能發出聲音來加油，只能在心裡默默地爲自己喜歡的蟋蟀加油。」

勝將香煙的煙噴到天花板上，悠閒地靠在椅背上。弓則愕然地看著這些鬥蟋蟀的男子們。一位凝視著洗臉盆好像裁判的男子，用細蘆葦草刺激蟋蟀的觸角，使蟋蟀憤怒。受到挑撥而憤怒的蟋蟀，就會果敢地向對手蟋蟀挑戰。

弓看著出入口。門扉緊閉，好像沒有人進來的樣子。

在顧永建的計劃下，從秘密賭場逃走的弓，被帶到昔日法租界的一棟古老住宅中。在此要暫時停留時，顧派人告訴他們小蘭等人會和他們聯絡。小蘭指定的場所是在城鎮的民間住宅中密集的一角，在這個住宅二樓有一個秘密的鬥蟋蟀場。但是，現在已經過了約定的時間一個鐘頭以上了。

弓在椅子上坐好，詢問在旁邊的劉進。

「爲什麼要鬥蟋蟀呢？」

「蟋蟀外表上看起來很溫馴，可是爲了保護自己的勢力範圍，會立刻與對方挑戰，是好戰的蟲。」

「但是，不需要鬥像蟋蟀這樣的昆蟲啊！鬥狗或是鬥雞、鬥牛不是也很好嗎？爲什麼中國人這麼喜歡鬥蟋蟀呢？」

勝代替劉進回答。

「弓，你不知道嗎？戰前的上海住在租界的都是有錢的外國人或是日本人，他們在那兒跳著爵士舞或是其他的舞蹈。當時貧窮的上海人唯一的樂趣就是蟋蟀。蟋蟀不需要花錢，在廚房或者是泥土房的一角都可以發現。把蟋蟀抓來，看牠們鬥毆的情景是中國人的樂趣。當然，也會賭點小錢。所以，在現在的上海也持續著這種傳統。」

弓壓低聲音說道。

「但是，只不過是蟋蟀嘛！就算有强弱也沒有很大的差距嘛！」

「不是這麼回事哦！」

勝在黑暗中笑道。

「看起來好像一樣，但是蟋蟀依產地的不同，强弱有很大的差距。上海聚集了來自中國各地挑選出來的蟋蟀。在星期天的早上，甚至還有熱鬧的蟋蟀市場呢！」

「你很熟嘛！」

「是啊！我也曾經在鬥蟋蟀場賺過很多的錢。你有沒有看到這些人拿著一個壺啊？」

勝用下巴指指周圍男子們拿著的陶壺。

「那些壺中裝著一隻隻的蟋蟀，是從市場上花了好幾元買來的蟋蟀哦！其中甚至有身價幾百元的昂貴蟋蟀呢！」

「是真的嗎？」

「真的。我聽說是浙江省的蟋蟀最强。一個晚上戰勝了二十多隻的敵人成爲冠軍的蟋蟀，身價不下七、八百元哦！」

弓瞪大眼睛，凝視著這些屏氣凝神鬥蟋蟀的人。中國勞工平均薪資一個月大約三百元。没想到蟋蟀的價格竟然比月薪更高呢！

突然響起了一陣喧嘩聲。裁判從洗臉盆中將蟋蟀撈起，裝進小網袋中，然後放回壺裡。看來勝負已定的樣子。周圍的男子們開始忙著拿錢給錢，幾百元的紙幣就在衆人的手中傳來傳去。

「哦！好像來了。」

勝坐直身體。劉進和弓看著出入口的方向。

門不知什麼時候打開了，有幾個人影站在門口。負責把風的男子們正和剛進來的人交頭接耳地說著話。因爲燈光有點暗，所以没有辦法看清進來的人是誰。

似乎終於談完了。人影中有一人小碎步地走進弓等人的身邊，是嬌小的人影，蒙著面紗遮住臉。

「小蘭！」

劉進叫了起來。弓覺得有一點嫉妒的感覺。劉進光看此人的體型就知道是她。劉進張開雙手，緊緊地抱住跑過來的人影。拿下蓋在頭上的面紗時，小蘭臉上露出緊張的神情。

「我好想見你啊！你終於來了！」

「我好擔心妳啊！」

兩個人互相地擁抱了一會，確定雙方平安無事。弓和勝則面面相對。勝聳聳肩。小蘭向弓展露笑容。

「弓，還好妳沒事！」

小蘭掙脱劉進的手臂，跑向弓並緊緊地抱住她。弓現在才發現到，小蘭將長髮剪成像男子一樣的短髮。而她的身體比以前更爲細瘦了。

小蘭看著勝。勝笑著拍拍弓的肩膀。

「你們見面的場面真令人感動啊！忘了介紹我嗎？妳是小蘭吧？」

「這個人是—？」

劉進和弓趕緊介紹勝。小蘭與勝握握手，看著在入口附近的兩名男子。男子們穿著軍用夾克，懷中看起來鼓鼓的，可能是藏著槍吧！

「他們是同志。」

「小蘭，我有話跟妳說。」

劉進小聲地說著。小蘭用手摀住劉進的嘴。

「在這兒不要說。走吧！」

「到哪裡去？」

「已經決定好了，到我們的工作站去。」

小蘭挽著弓的手臂。

「我要對你說的就是這件事。小蘭。」

弓握著小蘭的手。

「什麼事啊？」

「不可以信任于正剛他們，他們想要利用我們。」

劉進對小蘭輕聲說道。而站在入口附近的男子們，對小蘭做出催促的動作。

「你說什麼啊！」

小蘭以憤怒的語氣對劉叫著。當劉想要說話時，又聽到一陣喧嘩聲。原來房間的中央又開始鬥蟋蟀了。觀衆們把捏在手上的紙幣交給局頭，又開始鬥蟋蟀了。

「這裡很危險，公安就要來這裡搜查了。」

小蘭催促她們走出房間。劉點點頭。

「知道了。我跟妳一起去，但是我要先跟他們說。」

劉看著弓與勝。

「弓，就此告別。北鄉先生，感謝你照顧我。謝謝！」

劉向勝伸出手，勝點點頭。

「那麼，我們就在這兒分手吧！」

當勝要握手的時候，弓憤怒地說道。

「我也要去。哥哥你回去吧！」

勝感到很驚訝。

「妳說什麼啊！弓。」

「對啊！弓。妳不可以捲入這場是非。」

小蘭也要制止弓。

「我已經決定了，我要和小蘭他們一起行動。哥哥你不要阻止我。」

「不行。我怎麼可以放下愚蠢的妹妹，就此離去呢？」

勝露出困惑的表情這麼說著。

突然聽到窗外有車子的喇叭聲。

小蘭回頭看著在門口的同志，同志們做出要她趕緊離開的手勢。

「不管了，先離開這裡吧！」

小蘭催促著劉和弓。勝勉勉强强地點頭。勝現在也不能回家，因爲公安一定在家中等著他。

弓等人隨著小蘭離開了鬥蟋蟀場。走下黑暗的樓梯，來到街道上，在微弱的街燈下看到了一輛軍用卡車。勝抓著弓的手臂。

「不要緊，是我們的卡車。」

小蘭笑道。小蘭的同志們趕緊溜到卡車的後面，拉起垂下的帆布。這時，有一位拿著槍的年輕人探出頭來。

小蘭一群人一起爬上卡車。先爬上的一位同志，一邊笑，一邊對弓伸出手來。

「來吧！同志。」

「不要緊，我可以自己爬上去。」

弓拒絕了對方伸出的手。小蘭的手攀在卡車的架子上，終於爬上卡車。勝和劉也輕鬆地跳上卡車。

最後，穿著軍用夾克的男子把槍擺在卡車車板上，想要爬上車時，車子已經開動了。同志們趕緊拉起最後的這位男子，把他拉上卡車。

卡車原本要運送軍隊的座位是面對面的。當帆布放下時，車內一片黑暗。

弓坐在勝和劉進之間。對面則坐著持槍的男子們。眼睛習慣了黑暗以後，透過與駕駛座分隔的窗子露出來的微弱光線，可以依稀分辨坐在車上的人。

坐在劉進旁邊的小蘭，緊緊地握著進的手。弓看到之後，心中有一點點輕微的嫉妒感，但是只能忍耐。

「這部車不是軍車嗎？」

勝詢問小蘭。

「是啊！開車的也是真正的軍隊哦！」

「真正的軍隊？」

「是的。是後勤部隊的士兵。」

弓驚訝地看著能夠看到駕駛座的小窗。兩位穿著草色軍服的人民解放軍士兵正在閒聊著。

勝小聲問道。

「妳收買他們嗎？」

「不要這麼說嘛！他們是幫助我們的人。」

突然，車子煞車了。坐在駕駛座上的士兵回過頭來，對他們做手勢。

「是盤查。没關係，不用擔心。保持沉默。」

小蘭小聲說著。而坐在對面座位上的男子們全都架好了槍，看著弓等人。男子們臉上露出嚴肅的表情。

「乖乖伸出雙手來。」

弓驚訝地看著小蘭。她乖乖地伸出手來，劉也伸出雙手。

這些同志男子們拿出手銬，開始銬起小蘭和劉的手。

「喂！這是怎麼回事啊？」

勝焦躁地問道。

「照我們的吩咐去做！」

一名男子以命令的語氣對他這麼說。弓和勝的手腕被冰涼的手銬銬住。

車子停下來了。卡車周圍響起軍靴的聲音。聽到語氣銳利的盤查聲。突然帆布被拉起來，持槍的士兵和將校探入頭來。

「這些人是誰？」

將校指著弓等人。穿著軍用夾克的一名男子對將校回答。

「是被逮捕的反革命分子。要把他們帶到國家保安部去。」

將校以狐疑的眼神看著勝和弓。弓不知道接下來會發生什麼事情，心臟跳得很快。

「有命令書嗎？」

「我們不需要這種東西。同志。」

「同志，我要看你們的身分證。」

「這是非常秘密的任務。懷疑的話，你就去問本部好了，我會向你們的長官報告你們妨礙任務。」

將校面色凝重地看著穿著軍用夾克的男子們。

「好，走吧！」

將校這麼說時，粗魯地放下了帆布。車子又開始震動了。

坐在對面座位上的男子們，露出鬆了一口氣的表情。

「已經不要緊了！」

男子們拿出鑰匙，打開弓和勝等人的手銬。

「不要威脅我啊！我還以爲中計了呢！」

勝發出嘆息聲。小蘭笑著說道。

「不這樣子的話，怎麼能夠通過室內各處盤查站呢？」

「如果被視破的話該怎麼辦呢？」

「就到那時候再說吧！」

小蘭看著坐在對面座位上的男子們，男子們則拍著槍笑了起來。

卡車開到一個大型的汽車解體工廠中。弓等人在小蘭的催促下跳下卡車。周圍堆積如山的是被解體的車子和卡車的零件、引擎部分等。許多的勞工在那兒工作。隔壁的作業場則在利用解體的零件，拼裝新的卡車。起重機發出怒吼聲，吊起引擎。同時看到焊接的火花到處飛散。

「往這兒來。」

在小蘭的帶領之下，弓等人爬向通往工廠中二樓辦公室的樓梯。先前和他們一起來的男子們，現在不知跑到哪去了。卡車發出怒吼聲，倒退著離開了工廠。

辦公室裡有幾名男子坐在桌前辦公。其中一人看到小蘭後站起來，打開後面房間的門。在那兒的則是一間會議室。

弓等人看看四周，坐在房間裡的椅子上。

「我來介紹。這位是工廠的廠長，我們的同志趙忠誠先生。」

小蘭介紹旁邊穿著作業服的男子。是身材矮小的中年男子。

「你們好。熱烈歡迎！」

趙笑著握握勝和劉的手。小蘭又說道：

「趙先生也是信奉于正剛先生的人。」

勝和劉進面面相覷。

「大家在這兒可以絶對安心。我們很團結，能夠應變任何的事態。你們先好好休息一下吧！詳情小蘭會告訴你們。我們是你們的同志，什麼事都可以和我們説。爲了民主化，我們也會盡力支援。什麼都可以跟我們説。」

趙説完了以後，笑著走出房間。

「不用擔心，這兒的勞工全都是于正剛先生的同志，等待起義的時刻到來。這間工廠的倉庫藏有豐富的武器彈藥，我們和他們準備並肩作戰。」

小蘭滿臉通紅地看著弓等人。

「關於這件事嘛！」

劉壓低聲音對小蘭説：

「小蘭，也許妳聽不進去，但是我還是要告訴妳，于正剛是不值得信任的人物。」

「咦？爲什麼呢？」

「于正剛是爲了錢連國家都可以出賣的男人。在廣東軍的時候，他利用軍隊組織進行大規模的走私活動，賺了很多的錢。被發現以後，曾經被公安逮捕，但是不知因爲什麼原因又被釋放了。傳説與秘密走私活動和軍隊的高層部以及共產黨的幹部有關。另外一方面，于正剛也是毒品走私組織的首領。怎麼能信任這種男人呢？妳被利用了，妳知道他有什麼企圖嗎？」

「我們也不笨啊！我知道于正剛是什麼樣的人，也大致可以猜到他在想些什麼。他希望的就是華南共和國的獨立，這不是很有趣的事嗎？他企圖發動現代太平天國之亂，我知道可以和于正剛認真交易到何種程度。」

小蘭眼中閃耀生輝。劉進感到很驚訝。

「妳是認真的嗎？」

「是認真的啊！于正剛是一位很偉大的男子。他一定要做這些壞事，可是爲了革命，不管是誰都要蒙上一層污泥。于正剛早就抱持了這種覺悟之心。阿進，我真希望你能夠直接見見于正剛並和他談談。你見過他了嗎？」

「是的，只有一次。在父親那兒見過他。」

「你聽他的談吐，你就應該知道他到底是好人還是壞人了！」

勝笑著說道：

「這真有趣啊！我也想見見這位于正剛。」

弓看著勝。

「別傻了！勝是開玩笑這麼說的。」

「本來就應該開開玩笑啊！人生是很有趣的。太過認真的人生真無聊，不是如此嗎？不管是華南共和國也好，太平天國也好，我已經好久不曾見過會說出這種壯言豪語的人了。真想見見他。」

「好啊！弓，你也應該見見他。」

「哦，好啊！」

弓看著劉進，劉進臉上露出迷惑的表情。

「是啊！進。到時候你就可以把你現在說的話告訴他了。」

「于正剛在哪兒呢？」

勝問道。小蘭想一想說道：

「現在于正剛飛到瀋陽去了。」

「瀋陽？」

「是的。在那兒和同志取得聯絡。正在進行工作呢！」

小蘭神秘地點了點頭。

2

廣州市　七月十一日　下午一時二十二分

劉小新沐浴在從飛機窗户照進來的眩目陽光中，瞇著眼睛看著廣州市的街道。看起來高樓大廈比以前增加了很多，也看到了許多還在興建的高樓大廈。

飛機變換姿勢，陽光非常刺眼。劉重新戴上雷朋的太陽眼鏡。那是在被派遣到莫三鼻給PKO擔任觀察員時，歸國途中在巴黎買的。

活塞雙發運輸機運輸十一型（Y－11）機翼傾斜，逐漸開始降落。左下方可以看到廣州空軍基地的主要滑行跑道。從座艙過來的空軍中尉，來到劉的座位前。

「中校，不久就要著陸了。請繫上安全帶。」

「嗯。」

劉點點頭。中尉也提醒其他座位上的將校們注意。劉再次看著窗外廣州的街道。已經三年不曾來到廣州了。在開放改革經濟的波濤下，廣州和她的玄關深圳經濟特區的開發發展，真是令人震驚。

孩提時代與香港相鄰的深圳等地，只是一個沒有幾户人家的小漁村。但現在高樓大廈林立，各種業種的工廠林立，成爲一大工業都市。

出生的故鄉廣州有了如此的改變，令他感到非常地驚訝。街上到處都是高樓大廈，繁華的街道上有百貨公司、超級市場、現代化的店。不過，這些都是三年前的事情了，現在可能開發得更進步了吧！

運輸十一型（Y—11）發出極大的喘息聲，開始緩緩降落在滑行跑道上。運輸十一型是國產的小型運輸機。

在非常時期可以用來運送戰鬥要員，或者是兵站物資等。平常則是用來進行首都警備軍與地方軍的聯絡業務。空調關上了，因此機艙内顯得非常悶熱。

運輸機著陸以後進入誘導路，開始滑行到規定的停機坪。這段期間主要滑行跑道上聽到噴射引擎特有的金屬聲，兩架殲擊七型噴射戰鬥機並排滑了過來。在一、兩秒的時間内，兩架戰鬥機迅速升空。

劉看著窗外殲擊七型的鋭角機影，覺得這是非常美麗的戰鬥機。進入軍隊時，希望自己能夠被編排爲空軍。進入空軍後，希望能夠成爲噴射戰鬥機的飛行員。

但是，進入人民解放軍南京軍事學院（士官學校）就讀後，並沒有完成他的空軍願望，而配屬到陸軍高級幹部訓練部門。這是爲了培養將來參謀幕僚的部門，與空軍飛行員是完全不同的軍人部門。中國人民解放軍所有將兵的兵種，不可能按照本人的希望來分配，而是由上級幹部的命令來決定的。

「劉中校，到了。」

先前的空軍中尉站在他的旁邊敬禮。運輸機已經停在停機坪，乘客們陸續走出運輸機。

「辛苦了！」劉鬆開安全帶，手上拿著公事包。機員目送他離去，他從狹窄的機艙內慢慢地走下扶梯。這時，華南特有的暑熱太陽迎接著劉。

在扶梯下有前來迎接他的聯絡少尉，在中士的陪同下在那兒等待著。少尉看到劉時，手立刻抵住額頭，做出敬禮的姿勢。

「劉中校，我來接您。您一路辛苦了。」

「謝謝！」

劉向少尉和中士答禮。

「張中士，拿中校的行李。」

「是。」

張中士趕緊到運輸機的貨物室拿了將校用帆布背包，跑到停在停機坪附近的黑色轎車「紅旗」邊，打開後座行李箱，將背包放入。張中士坐在駕駛座上，少尉則繞到「紅旗」的後座，打開了門。

「請上車。我送您到宿舍。」

少尉等劉坐在後座之後，自己也坐上車。車內非常悶熱，劉搖下車窗玻璃。

「紅旗」發出轟隆的引擎聲開動了。意味著第四二軍司令部車子的紅星小旗隨風飄揚。少尉不斷地擦拭著額頭上冒出的汗水。

「少尉，你是？」

「廣東軍司令部的鍾揚少尉。」

鍾少尉恭謹地回答。劉喜歡年輕的鍾少尉，因爲自己也曾經是待在司令部擔任過聯絡將校的人。想到當時每次遇到總參謀部的幕僚時，都會非常緊張地應對。

他猜想鍾少尉從直屬長官那兒，一定聽說了自己是一個非常嚴肅、很難伺候的將校吧！

車子鑽出空軍基地的大門，朝著廣州市的方向奔馳在寬廣的道路上。

一打開窗後，熱氣吹入車內。劉打開襯衫的扣子，用手帕擦拭著脖子上的汗。

「先送您到宿舍吧！」

「不，先到司令部去。」

「是。可是參謀長命令我先把您送到宿舍。」

「直接到司令部。只要把行李送到宿舍就可以了。」

「知道了。中士，到司令部。」

「了解。」

中士大聲地回答。鍾少尉擦著汗。

劉非常同情少尉，換個話題說道：

「鍾少尉，有沒有什麼可疑的情報啊？」

「先前，來自海軍情報部的最新情報顯示，原本在日本的美國第七艦隊進入了東海。第七艦隊無視於我國的警告，進入了臺灣海峽。」

「哦！第七艦隊已經出動了嗎？」

劉將太陽眼鏡往上推，抬頭仰望藍天白雲。

早就已經推測到美國第七艦隊會出動了，反而覺得第七艦隊的行動未免太慢了。問題在於美國今後是否真的會以軍事介入的方式，來干涉臺海兩岸的問題。爲了看穿這一點，因此第七艦隊的行動非常重要。

到目前爲止，美國並沒有參戰的意圖。如果美國真的要介入的話，則繼南沙群島攻略戰之後，展開東沙群島攻略戰的階段時，第七艦隊就應該要投入了。但是，當時並没有這麼做，美國只是拼命地責難，也就證明了美國在暗中同意臺灣問題是屬於中國的主權問題。

但是，周邊全島的解放與臺灣本島的解放則完全不同。從以往美國一直在暗中支持臺灣的經緯來看，如果真的要進行臺灣本島的解放作戰的話，當然美國軍事介入的可能性極高。

當然，美國干涉內政是不當的行爲，中國是絕對不容許的，所以美國會使用各種的藉口來介入。因此，劉等人必須要計劃在不容許美國介入的情況下，進行臺灣本島解放作戰。

「日本軍隊的動態呢？」

「没有收到情報。」

「嗯。」

日本以往一直追隨美國，分離美日關係的工作應該在進行中。對於臺灣解放作戰而言，這也是必要的國際環境。

車子在廣州市內奔馳，突然速度減慢了。因爲在路上到處都看得到騎著自行車的勞工。中士拼命地按著喇叭，想要趕走在車前的腳踏車車陣，但是騎著腳踏車的人卻不爲所動。

劉觀察市內的情形，發現街上比北京和上海更爲熱鬧。街上到處都可以看到販賣家電製品或食品、衣物、家具的商店。

在街上看到很多正在建設中的高樓大廈。在還沒有建好的高樓上方搭起鷹架。

終於，隔著車窗可以看到在室內中心部第四二軍司令部的白色建築物。第四二集團軍本部以前是在距離廣東市東方一百公里的惠州市，但是隨著改革開放經濟的發展，廣州市成爲華南地方政治、經濟的中心地，因此，第四二軍司令部移到廣州市。

距離軍司令部建築物的不遠處，有廣州市政府與廣東省政府的建築物。

門口的衛兵持槍迎接劉所乘坐的「紅旗」。車子停在司令部的玄關大門口。中士下車，打開後座的門，等待劉下車。劉釦好襯衫的釦子，拉好襯衫的衣領，跟著鍾少尉下車了。鍾少尉下車之後，先行帶入。在大廳的將校和下士官們忙著交換文件。來到電梯前時，劉靜靜地問道：

「先向司令員（司令官）打招呼吧！」

「知道了，請跟我來。」

鍾少尉進入電梯，按下四樓的按鈕。一起搭乘電梯的掛著中校肩章的中校按下三樓的按鈕，對劉行注目禮。劉也回看他。

這時，對方看到劉制服的肩章，移開了眼光。劉的肩章縫著總參謀部作戰幕僚的銀線刺繡，可能是對方看到了肩章吧！這位中校在三樓下了電梯。

接著，胸前抱著一大推文件的女性中尉進入電梯。長長的黑髮盤在頭上，是皮膚白皙、五官端正的女子。

女性中尉看了劉一眼，臉上露出微笑。劉也微笑。女性中尉什麼也沒說，行注目禮之後，背著劉看著門。

電梯停在四樓，女性中尉先走出電梯。在鍾少尉的催促下，劉也走出了電梯。走廊非常地冷清。先前的女性中尉忙著移動纖細的腳，走進附近的門。因爲穿著窄裙，美麗的臀部輪廓清晰可見。劉看著女性中尉的背影。

「在這裡。」

鍾少尉的聲音使劉回過神來。鍾少尉手伸向與女性中尉前進的相反方向。

鍾少尉在走廊深處的門前停下來。門上寫著司令員室。鍾少尉敲敲門，聽到裡面有回答的聲音。

打開門，鍾少尉和劉進入房內。坐在桌前的副官少校皺著眉在閱讀文件。隔壁桌前的女性秘書官，看著電腦的螢幕顯示器，敲打著鍵盤。坐在距離出口最近桌前的中士，看到劉後趕緊站起來，是一位身材高大的中士。

「什麼事？」

「我想見軍區司令員閣下。」

劉對中士這麼說。廣東省軍區第四二集團軍司令官是徐有欽中將。

「徐司令剛出去。對不起，您是哪位中校？」

「我是總參謀部派來的劉小新中校。」

在裡面的少校站了起來。女性秘書官敲打鍵盤的手也停下來看著劉。少校問道：

「您和司令官有約嗎？劉中校。」

「不，但是我剛到此處，想要來向他問好。」

「徐司令官和廣州大軍區司令官一起到廣東省政府去了。我是繆少校。劉中校，我聽說過您，遠道而來真是辛苦了！」

繆少校敬禮，劉答禮。

「那麼，請你告訴司令官說我來過了。」

「知道了，我會告訴他的。」

劉催促鍾少尉。門打開之後，兩個人走到走廊上。

「鍾少尉，我想去參謀部。」

「知道了，請往這兒走。」

鍾少尉回到電梯內，按下三樓的按鈕。就是先前那位中校離開電梯的樓層。

電梯停在三樓，鍾少尉先走出電梯。在走廊上看到上尉及少校等血氣方剛的年輕將校。

鍾少尉站在一個門打開的房間前面。

「這裡是參謀部。」

鍾少尉站在門前看房內的情形。從開著的門可以看到，房內有兩名少校正用廣東話在那兒激烈地爭辯著。兩人走出門時與劉擦身而過，兩人慌忙地向劉敬禮，劉也答禮。

「喂喂！這個好像就是從北京派過來的參謀長哦！」

「我們的作戰計劃他好像不喜歡似的。中央這些驕傲的傢伙想要操縱廣東軍呢！」

兩個人用廣東話高聲地交談著，對劉拋出侮蔑的視線。兩人以爲劉只會說北京話，不懂廣東話。鍾少尉面有難色地看著劉的臉色。兩位少校一邊笑著一邊走出房間。

早就聽說過，這裡的人對於中央總參謀部的參謀幕僚抱持反感，因此即使對方說什麼，他也無所謂。劉故意佯裝不知，對鍾少尉說道。

「參謀長在嗎？」

「參謀長應該在吧！」

鍾少尉敲著隔壁的房門。門打開以後，在副官室有幾位將校圍在桌前，桌上攤開一張臺灣省的地圖，大家口沫橫飛地交談著。

看到劉時，他們一起停下來趕緊收拾地圖。鍾少尉大聲問道：

「對不起，請問參謀長在嗎？」

「哦！在。正在和師團參謀長們說話呢！」

校將們看著劉。和劉都是同一階級的中校們。鍾少尉敲敲裡面的門。

秘書官上尉探出頭來。鍾少尉告知來意。

「請等等。」

上尉看了劉一眼，關上門。鍾少尉請劉坐在門旁的椅子上。

「謝謝！」

劉坐在椅子上，手臂交叉。先前還在熱鬧爭辯的將校們，全都沉默不語看著劉。

終於，門打開了，秘書官上尉請劉到房間內。

「參謀長要見您，請往這兒來。」

上尉殷勤地將劉帶到房間裡。劉進入房間以後，採取直立不動的姿勢。在房間中央正面的大桌前，有廣東軍區參謀長白治國少將，桌子周圍還有師團參謀長五人坐著。

三人是上校。剩下兩人是准將。劉向正面的白少將敬禮，白少將輕輕地用手碰著額頭答禮。

「報告。我是總參謀部派來的劉小新，剛剛到任。」

「哦！你就是劉中校啊！」

白少將笑著，看著師團參謀長們。

「我爲你介紹。這正是你很好的機會。聚集在這兒的全都是第四二軍，也就是廣東軍的參謀長們。從右端開始是廣東軍副參謀長王捷准將、廣東空軍參謀長崔准將。」

劉向兩位敬禮。兩位准將臉上露出笑容答禮。

「接著是第一三一師團參謀長姚克强上校，第一七九師團參謀長遲勃興上校，以及第五五師團參謀長孫光賢上校。孫上校你認識吧！這一次的東沙島攻略戰，他的第五五師團的士兵都投入了。因爲孫上校反對總參謀部的方針，差一點丟了飯碗呢！」

孫上校以敏銳的視線看著劉。劉對於孫上校也有一點認識。孫上校曾批評救國將校團的組織，因此從總參謀部參謀幕僚名單中被除名。劉向三位上校敬禮，上校們也回禮。

「聽說，這次的臺灣本島進攻作戰，是由劉中校你負責策劃的。」

孫上校帶刺地說著。劉點點頭。

「是的。的確如此。」

「我有異議。」

「哦！請多指教。我也想聽聽你的意見。」

「孫上校，他才剛到任，何必討論這些問題呢？今天只不過是打招呼而已。你也是吧！劉中校。」

白參謀長插嘴說道。孫上校也點點頭。

「好，我隨時候教。」

「那麼，明天你也出席參謀會議，聽聽我們這些在最前線的人的意見吧！我們也要從你那兒聽聽中央到底有什麼想法。」

「知道了。」

劉看著參謀長們這麼說。師團參謀長們全都是歷戰的參謀們。劉認爲這些人當然是頗具實力的論戰對手。

「今天先休息吧！」

「謝謝！」

劉敬禮之後，走出了參謀長室。覺得背後好像有箭一般的視線，刺中自己的背部。

進入副官室之後，鍾少尉站了起來。參謀幕僚們全都離開了。只有女性中尉坐在秘書官桌前辦公。就是先前一起搭乘電梯的女性。

「妳是白參謀長的秘書官嗎？」

「是的。」

中尉抬起頭微笑。一副有魅力的笑容。劉很喜歡這位女性中尉。

「你是？」

「……」

女性中尉不知道對方是什麼意思，臉上露出訝異的表情。劉笑著問道：

「我是劉小新。中尉，你叫什麼名字？」

「我是胡英。」

「我……」

「我知道，你是劉中校。關於你的事情，我已經收到來自北京的情報了。對你的出生我也知道哦！」

胡中尉笑著。美麗的唇間露出雪白的牙齒。白皙的景象映入劉的眼中。劉發現自己心跳加快，滿臉通紅。

「以後我可能會到這兒來好幾次。拜託妳了！」

「我也是。」

胡中尉站起來，一邊微笑一邊敬禮。劉凝視著胡中尉溫柔的黑色眼眸，慢慢地答禮。

「有什麼困難請告訴我。」

「謝謝。到時候一定拜託妳。」

劉來到走廊。鍾少尉慌忙地跟著他。在前往搭乘電梯的中途，鍾少尉笑著小聲對劉說：

「中校的眼光很高耶！看上了胡中尉。」

「爲什麼這麼說呢？」

「胡中尉是參謀部衆人嚮往的女性。但是，沒有任何人能夠得到她。大家都要拼命地引起她的關心呢！」

原來如此，難怪先前年輕的參謀將校們都聚集在那間房間裡。胡中尉的微笑映在腦海中。「真是一位好女孩」劉心中不停地想著。

3

瀋陽　七月十二日　下午六時三十分

太陽已經下沉到地平線的彼端，天上佈滿紅霞。

男子在東洋飯店的陽臺，手上拿著葡萄酒杯，欣賞著夕陽。

夏日的黃昏仍然瀰漫著白天的暑熱。從天花板上垂掛下來的羽毛，慢慢地旋轉著攪拌著空氣。除此之外，沒有任何的風。

男子似乎習慣了這種暑熱，穿著西裝，打著領帶。桌上放著日本的週刊。

男子一邊啜飲著葡萄酒，一邊凝視著夕陽。

看來大中國就好像落日一般燃燒殆盡，即將要掉落到地面上了。男子想，這樣也好，世間的一切全都會消失掉。即使想要逆天，可是也沒有辦法制止時間。就好像揚子江的流水一般，只要順從時間的潮流就可以了。這就是命運。

男子讓葡萄酒在舌上滾動，自己陷入沉思中。飯店的服務生走到男子的桌前。

「是塚本先生嗎？」

服務生用生澀的日文問道。

「嗯，我是塚本。」

「有客人要見您。」

「我應該已經預約了個人房吧！」

被稱為塚本的男子以流暢的北京話回答。

「準備好了。」

「那麼，請把客人帶到那裡去吧！」

「知道了。」

服務生施上一禮並退下。塚本喝乾了葡萄酒，站了起來。從桌下取出了手提箱，以穩健的步伐走向飯店餐廳的個人房。先前的服務生恭恭敬敬地迎接塚本，打開了個人房的房間。男子進入個人房，坐在圓桌深處。

不久之後，聽到屋外有人聲。五位客人出現，全都是穿著襯衫的男子。從他們的態度看來，可能是黨的高級幹部或是高級官僚。塚本看著五人立刻站起來，迎接他們。

「好久不見。」

「你還是這麼健康，太好了！」

男子們異口同聲地說著再見面的喜悅，和塚本擁抱、握手。男子們坐在圓桌前。

服務生陸續送來廣東料理。坐在塚本左邊稍胖的老人笑笑地說道：

「在瀋陽怎麼吃廣東料理呢？」

「在瀋陽，這家店才能夠吃到真正美味的廣東料理哦！」

「但是，還是不如在廣州吃得好啊！」

男子們交談著一些無關緊要的話，吃光了陸續送來的菜。不久之後，服務生離開了房間，塚本突然臉上表情凝重地看著五人。他打開手提箱，取出一封信。

「許將軍，這是徐將軍的親筆信。請您看一看。」

塚本把信交給五人當中年齡最高、頭髮稀疏的老人。被稱爲許將軍的老人撕開信，取出了信箋。戴上老花眼鏡，看著信箋。

「葉選平先生已經下定決心了。失去了這個機會，恐怕就不會再有好機會了！我一定呼應廣東軍的決起，三九軍也會決起。」

許將軍看完之後，將書簡遞給隔壁五十幾歲的男子。男子看完之後立刻交給隔壁的人。全部的男子都看完了這封書信。這時塚本將手提箱放在桌子的中央。

「把這些錢當成軍資金的一部分吧！」

塚本將手提箱推向許將軍。在許將軍旁邊的肥胖男子接過手提箱，打開蓋子。蓋子裡面裝滿了百元紙幣。

「廣東軍真有錢啊！」

「總計一千萬美元。」

塚本搖搖頭笑道：

「廣東軍並不有錢，只是懂得做生意而已。以後，還會準備五千萬美元。」

「于正剛上校，我們也準備了需要的軍資金。我們不是爲了錢才這麼做的。」

「許將軍，在這裡我是叫做塚本的日本人，你不要弄錯了。我知道你不是爲了錢，但是錢對你們很有幫助。」

于正剛笑著。許將軍疊好徐將軍的書簡，放回信封內。放在煙灰缸裡，點燃了打火機的火。不久之後，書信開始燃燒，一切都化爲灰燼。

「于同志，不，塚本先生，我們之所以要起義，是和廣東軍同樣是四野軍的兄弟。四野軍在中國解放時，付出了多大的犧牲，爲了祖國盡力。但鄧小平啓用的卻是三野軍系的人，我們四野軍系被趕到窮鄉僻壤。沒有比這更愚蠢的事了。因此，如果四二軍同志要起義的話，我們三九軍也會準備起義的。請告知徐將軍。」

「是嗎。如果三九軍願意援助廣東軍的話，能增强極大的力量。」

于正剛用力地點點頭。坐在許將軍右側的老人說道。

「如果你們分離獨立的話，則我們也以東北部的瀋陽、大連經濟特區爲主，黑龍江和吉林省的東北三省也會從中央分離獨立出來。」

「馬將軍，你也贊成吧！東北三省已經具有經濟獨立的基礎。希望能夠加入廣東省獨立的行列。」

馬將軍很滿意地點點頭。

「以前日本想要將東北三省當成滿州，建立獨立地區。而現在我們則希望建立東北共和國。」

坐在馬將軍隔壁的少壯軍人探出身子說道。

「那麼，其他地區的情形如何呢？」

「我就是爲了要告訴你們這些事情而來到此地的。待會再說。」

門打開了，服務生們又開始端來新的菜。于正剛和將軍們若無其事地蓋上手提箱的蓋子，換個話題開始閒聊。

服務生在每個人的杯裡倒滿了紹興酒。

「來！爲即將到來的新中國乾杯！」

于正剛舉起了紹興酒杯。遼寧軍們也滿臉通紅地舉杯祝福。

4

華盛頓DC白宮　七月十一日　東部標準時間下午三時二十分

總統辦公室聚集了國務卿約翰・吉布森、國防長官海因茲、總統特別輔佐官巴納德格・里菲斯、負責經濟問題特別輔佐官馬亞・艾爾茲巴格、CIA長官艾德蒙德・加納等人。

辛普森總統的手肘靠在椅子的扶手上，以手托腮，聽負責安全保障問題的總統特別輔佐官格理菲斯的報告。

「根據我國的國內法『臺灣關係法』第二條b項(1)的內容，敘述我國要維持、促進與臺灣人民的關係。但是，必須注意的就是我國重視與臺灣人民的關係，並不是重視與臺灣政府的關係。」

「也就是說，我們會重視與臺灣人民之間的友好關係，卻不援助臺灣政府嗎？」

「在一九七九年時，臺灣國民黨政權扼殺國民的民主心聲，我們爲了牽制這種作法而使用這種條項。但是，現在我們卻可以利用這個條款。萬一，中國政府打算以武力佔領臺灣、統治臺灣的話，臺灣國民當然不希望如此，我們就可以以此理由來援助臺灣的人民。」

辛普森總統手臂交叉，笑著說道：

「不，我的想法完全相反。」

總統特別輔佐官格里菲斯非常訝異地說道：

「你的想法是什麼？」

「也就是說，即使不以援助李登輝總統所率領的臺灣政府爲藉口，也不能夠使用這個條款。」

國務卿吉布森放聲大笑。其他的成員們也苦笑。

「我國如果放棄臺灣的話，這有什麼快樂可言呢？總統，你真的這麼想嗎？」

「是的。」

辛普森總統點了點頭。總統特別輔佐官格里菲斯慢慢地搖搖頭，看著總統。

「同樣第二條b項的(2)，內容敘述包括臺灣在內的西太平洋地區的和平與安定與我國的利益一致，是『國際的關心事』。也就是說，臺灣的問題不是中國的內政問題，而是國際問題，這就是我國的認識及主張。其次，(3)與(4)指出『臺灣的將來應該以和平的方式來決定』。所以，如果中國以抵制或是經濟封鎖等『非和平手段』引起侵略臺灣的事態，則對我國而言是『重大關心事』，可以向中國提出警告。」

「所謂重大的關心事，就好像是事大主義的說法一樣。是不是指不惜訴諸戰爭呢？我聽起來好像是威脅的語氣耶！」

辛普森總統加以說明。而總統特別輔佐官格里菲斯點頭說道：

「的確如此。」

在桌子的另一側，國防長官海因茲同意地鼓掌。

「希望中國能接受這種說法。」

「(5)和(6)則說明，我們可以供應、提供臺灣防衛性武器。同時，我國爲了『維持能力』，因此『不惜訴諸武力或是採取其他高壓手段，來抵抗會危及臺灣人民安全或社會經濟制度的一切行動』。」

「嗯，還有呢？」

「同樣的第二條c項，則指出我國『遵守及促進臺灣人民的人權』。也就是暗示說，不管是中國也好，臺灣政府也好，都不能夠違反本法律的條款。而第三條則說明，爲了實施這些政策，我國將可以提供臺灣『能維持足夠自衛能力數量的防衛物資及幫助』。同時，『如果臺灣人民的安全及經濟制度受到威脅時』，我國可以『決定適當的行動』。」

辛普森總統點了點頭說道：

「問題就在於何謂適當的行動。不論是戰爭或者是任何事物，如果能夠做出適當的判斷是最好的。」

「可以基於臺灣國內的關係法，對議會做出支援臺灣的說明，相信議會一定能同意。」

總統特別輔佐官格里菲斯閤上文件。辛普森總統看著國務卿吉布森。

「議會對策就這麼辦了，你覺得如何？約翰。現在展開情勢是不是太快了？好像脫離了我們的戰略目標。」

「我認爲這麼做非常危險。現在應該要極力避免與中國戰鬥。中國的確即將要開始進攻臺灣本島。再這樣下去的話，我國一定有可能捲入中國戰爭的危險中，如此一來就糟糕了。所以，一定要盡可能賺取一些時間。而且，要對中國施加壓力，讓他們不會立刻進攻臺灣。」

「這不是老舊的手法嗎？施加軍事壓力要怎麼做呢？如果臺灣真的被攻打的話，我軍也不能保持沉默吧！」

辛普森總統看看周圍的成員。

「第七艦隊已經朝臺灣海峽近海接近。在隨時都可以進入海峽的位置待命。」

國防長官海因茲回答。

「如此一來，中國真的就會放棄侵略臺灣嗎？」

辛普森總統嘆息。而國務卿吉布森則慢慢搖頭地說道：

「中國一定不會放棄的。可能會在聯合國總會討論臺灣加盟問題之前就做出決定。」

「聯合國總會什麼時候要討論臺灣加盟的問題呢？」

「本月末提出議題。」

「形勢呢？」

「加盟國一百八十五國當中，支持臺灣加盟的國家有五十多國。而將其視爲是中國內政問題，表明支持中國的有七十多國。其餘的則持保留態度。其中也包括我國在內。」

「加盟的必要數目是過半數嗎？」

「是的。需要取得過半數九十三國的支持，而實際參加總會的國家當中，有效投票數只要過半數就可以了。這一次顧慮中國而棄權的國家很多，實際的票數也許不必達到九十三票以上。如果，臺灣集結了超過反對票以上的支持票，就可以加盟聯合國。中國對此絶對不會坐視不顧。」

「臺灣的最終支持國到底有多少呢？」

「最終的臺灣支持國大約有六十五國加減十國。當然，視我國態度的表現還有增加的可能性。目前，歐洲等先進諸國大半持保留的態度。原本會加以承認的越南等鄰近諸國，看到了中國攻擊南沙群島與東沙群島，因此持保留態度，呈觀望立場。在總會召開之前絶對不可掉以輕心。」

辛普森總統看著國務卿吉布森。

「臺灣是否能加入聯合國，的確是非常微妙的事情。那麼，日本的立場如何呢？」

「大概會觀望我國最後所表現的態度吧！昨天駐美大使平田來到我這兒來，說日本希望與我國取得共同的步調。也就是說，對於臺灣所發生的事情，希望進行次官級的緊急美日安保事前協議。」

「你是否對日本說明了我國對中國方針呢？」

「不，目前還沒有。因爲害怕日本知道以後，可能會洩露給中國知道。同時，也不能讓日本握有影響我國外交戰略成敗的把柄。」

辛普森總統點點頭。而總統特別輔佐官格里菲斯發言道：

「根據情報顯示，日本的外務省，策定與我國戰略目標相同的目標。在這一點上，我想可以攜手合作。」

「但是，不可以信賴日本。因爲不知道濱崎首相到底在想些什麼。不知道什麼時候日本會背叛我們。」

艾爾茲巴格輔佐官扁著嘴唇說道。

「當然囉！外交政策不是經常要以不信任對方爲前題才能展開嗎？」

國務卿吉布森點頭說道。

「聯合國總會的日程是否可以延期呢？利用加里事務總長說的話對議長國施加壓力，也許能夠延遲幾天。」

「的確如此。除此以外別無他法。趕緊對聯合國做出指示吧！希望在紛爭還沒有解決之前，加里事務總長能夠拖延時日。」

「是啊！最重要的是對中國戰略目標的最終測定是否已經完成了呢，約翰？」

「當然。在你手邊的秘密報告書中有詳細的敘述。」

「太多了，根本看不完。反正在國家安全保障會議中發表出來，大家都會知道的。你還是在此簡單說明一下吧！」

「好的。」

國務卿吉布森打開文件夾，看著周圍的親信。

「一旦公開的話會造成困擾，這是極爲保密的事項。當然，大家都不會說出去。我國對中國戰略的基本目標，就是中國的解體及消滅。但是，目前像這種巨大統一國家的中國的解體和消滅，不像以前利用先進國家進行中國分割殖民地化的作法。我國的基本方針，就是要使現在中國社會體制瓦解，要把她成爲好像俄羅斯一樣的聯合國家。新的中國如果成爲適當大小的國家聯合體，就不會有大國的主義行動和主張，對我國而言也就不再構成威脅。只要看俄羅斯就知道了。」

「你說的不是聯邦，而是聯合嗎？到底有什麼不同呢？」

辛普森總統感到很訝異。

「聯邦就好像我國一樣，是合衆國型態的國民國家。各州具有非常大的自治權，但是在總統率領下，美利堅合衆國政府仍可發揮强力的指導力。而中國二十七省或自治區，如果像我國的州一樣的單位，中央成立統一政府構成聯邦國家，則仍然由現在的共產黨率領一個非民主、獨裁政治體制的國家。依然有可能會成爲十二億人口的巨大國家，而君臨世界。」

「那麼，你說的聯合國家是什麼呢？」

「國家的聯合，就好像現在的俄羅斯CIS一樣。能夠發揮如EC歐洲共同體的機能。也就是說，中國各地分離獨立的國家聯合。使成爲統一國家的中國解體、消滅。但是，成爲國家聯合的中國共同體卻能夠成立。也就是說，成立一個中國圈。這時中國不再是一個強力的統一國家，各國基於各國的利害而採取獨自的外交政策。對於我國而言，就不再構成威脅。當然，對於周邊亞洲諸國而言，也不會感受到如現在中國的强大威脅。」

「的確如此。所以，我們應該要訂立一個能夠讓中國成爲聯合國家的戰略方針。」

「但是，還是要以我國的利益來考量。應該由這個觀點來討論臺灣問題的處理方法。」

「好，繼續下去吧！」

辛普森總統很滿意地點點頭。國務卿吉布森看著文件。

「問題在於會成爲何種國家的聯合型態。根據我國國務院的預測，中國最大分裂爲十四個，最小分裂爲十一個國家。」

「最小十一個國家？」

艾爾茲巴格輔佐官感到非常地懷疑。

「當然包括臺灣在內。輔佐官有別的想法嗎？」

「不，請繼續說明。」

「根據國務省的預測，這些國家並不是基於經濟面，而是基於政治支配，尤其是軍事力和民族構成的問題，重視以往的地方自治體制而成立。以地域別來看，應該是以下的情況。

1. 黑龍江、吉林、遼寧的東北三省。
2. 華北。北京特別市、天津市及河北、山西二省。
3. 濟南。山東省及河南省地區。
4. 內蒙古自治區。
5. 華中。上海市、江蘇、安徽、浙江三省。
6. 湖廣。湖北、湖南、江西三省。
7. 華南。廣東、福建、海南三省與香港、澳門。
8. 廣西壯族自治區。
9. 四川。四川、貴州、雲南三省。
10. 蘭州。甘肅、青海、陝西三省。
11. 寧夏回族自治區。

美國國務院的中國共同體構想

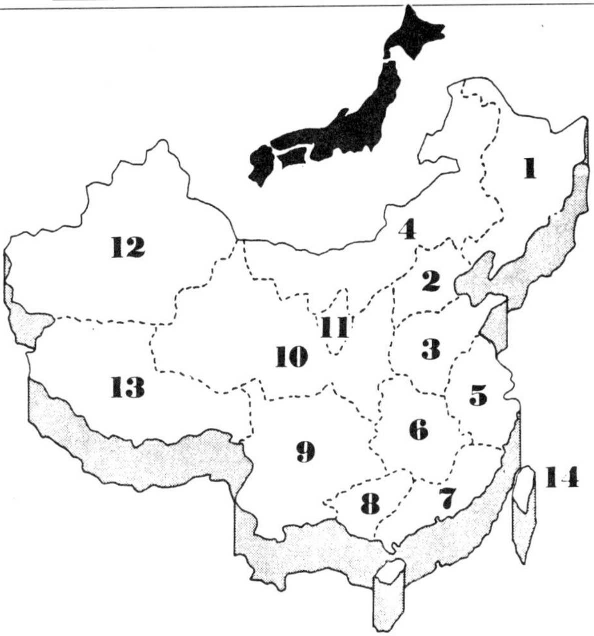

1.黑龍江、吉林、遼寧的東北三省。

2.華北。北京特別市、天津市或河北、山西二省。

3.濟南。山東省與河南省地區。

4.內蒙古自治區。

5.華中。上海市、江蘇、安徽、浙江三省。

6.湖廣。湖北、湖南、江西三省。

7.華南。廣東、福建、海南三省與香港、澳門。

8.廣西壯族自治區

9.四川。四川、貴州、雲南三省。

10.蘭州。甘肅、青海、陝西三省。

11.寧夏回族自治區。

12.新疆維吾爾族自治區。

13.西藏自治區。

14.台灣。

12.新疆維吾爾族自治區。
13.西藏自治區。
14.臺灣。

其中，2.的華北與3.的濟南合流，5.的華中與6.的湖廣地區一併考量的話，就減少兩個，成爲十一國。總之，中國各國絶對不是小國。其中人口最少的是13.的西藏自治區，人口約二百一十萬人。其次是11.的寧夏回族自治區，人口約四百五十萬人。第三是内蒙古，人口約二千一百萬人。臺灣約二千一百三十萬人，是第四小的國家。而第五小的是廣西壯族自治區，約四千一百萬人。蘭州約四千七百萬人，都是擁有臺灣一倍的人口。其他各國的人口大約爲一億到二億。是比亞洲的日本或印尼等國都大的國家。

艾爾茲巴格輔佐官說道。

「哦！這麼説來，在華中、華南成立的國家，去除多餘的重擔，負擔就會減輕，而擁有驚人的經濟發展囉！」

「的確如此。CC（中國共同體）構想，對中國人而言的確是有很多好處的構想。」

「CC構想的結果，會重新在華中或華南、華北等地區形成獨裁政權，或者是導致中國的再統一。」

「將來也許會吧！但是不需要想這麼遠。」

國務卿吉布森笑著說道：

「現在，中國的問題在於如何誘導她成爲一個國家聯合體。」

「怎麼樣誘導中國呢？」

辛普森總統蹙眉深思。國務卿吉布森和CIA長官艾德蒙德·加納互相對望。

「方法很難，但絕對不是不可能的。只要我國推動某個地區的政權就可以了。首先，在臺灣、日本或中國內部的一部分領導者已經開始活動了，要注意他們的動向。關於這一些，就由加納長官來報告吧！」

被點名的加納長官戴上老花眼鏡。

「目前動向分歧，並沒有密切合作。今後可能會逐漸掀起很大的波濤。就臺灣而言，根據我國情報部所掌握的情報，臺灣軍隊的劉仲明准將已經秘密地開始與廣東軍首腦部接觸了。」

「哦！打算做什麼呢？」

辛普森總統探出身子問道。

加納長官看著報告書，開始說明。

5

臺北・中華民國總統臨時辦公室　七月十三日　下午六時三十分

李登輝總統從行政院臨時辦公室的窗户越過中山南路，看著總統府前的大廣場。中華民國的國旗隨風飄揚。總統府前的廣場聚集了幾萬名的群衆，爲了抗議中共軍事佔領東沙群島而召開市民集會。吵鬧的聲音隨風傳來，隔著玻璃窗都可以聽得到。

行政院建築物前，警察的裝甲車輛排列，武裝警察隊保持戒備。總統府的建築物維持半毀壞狀態而放置不管，看起來就好像瀕臨死亡狀態的臺灣一樣。

與擁有十二億人口的中國爲敵，二千二百萬人的臺灣，真的能夠生存下來嗎？就好像獨自一人赤手空拳想要擋在具大的軍艦前一樣，這根本就是螳臂擋車的作法。後代的歷史家，對於現在的中臺戰爭會有什麼樣的評價呢？恐怕自己會被指爲有勇無謀的領導者吧！甚至在歷史上，自己會被認爲是把臺灣帶向毀滅之路的無能領導者。

絶對不能夠有這種情形發生。絶對不能夠屈服在大國中國的腳下。即使是只有二千二百萬人的小國，也要證明正義的戰爭是絕對不會失敗的。

李登輝總統顫抖著身子，盡力拂開自己不吉利的想像。

「總統。」

聽到秘書官的聲音。這個聲音使得李登輝總統重新回過神來。

「行政院院長和外交部長來了。」

「回國了嗎？請他們進來。」

李總統繞回大桌前，坐在扶手椅上。行政院院長呂玄秘密訪問日本，而外交部長薛德餘則訪問美國和法國等地，與各國首長進行非正式協議。

呂院長陪伴薛外交部長進入房間裡。

「總統，來向您報告了。」

「辛苦了，坐吧！」

李總統讓兩人坐在椅子上。兩人各自坐在椅子上。

「怎麼樣，日本和美國的反應如何？」

「這件事嘛……」

呂院長用手指撩起掉在額頭上的白髮。

「日本政府在中國軍隊剛攻擊過東沙島，才允許我特別入境。」

「哦！是嗎。這也算是一大進步啊！記得在大阪召開APEC的時候，日本還拒絶我前去參加呢！」

李總統笑著點點頭。

「我希望見到濱崎首相，但他卻拒絶和我會談。特別允許我入境，事實上只是對中國表明一種如果再繼續攻擊臺灣的話，就會承認臺灣獨立的姿態而已。表面上是以參加親戚葬禮爲名而進入日本，而正式會面的官員只有協和黨的櫻岡幹事長。」

呂院長的親戚住在横濱，恰巧這位親戚不幸死去，所以呂院長申請入境日本。

「櫻岡幹事長，不就是下一屆首相呼聲極高的實力者嗎？光是能見到櫻岡幹事長，就表示成果豐碩了。這也就是説，日本擺出了絶對不會忽略我國的姿態，就外交上而言，這是很好的進展。」

「聽您這麼説，我輕鬆不少。」

「櫻岡説些什麼？」

「他個人對於我國的獨立以及加盟聯合國表示贊同，基本上他是贊成的。但是，政府不可能立即承認我國的獨立，因爲已經站在承認中國的立場上，因此想要承認一國二府較困難。所以，要獨立幾乎是不可能的。」

「我以往一直强調一國二府，但是重要的中國政府卻責難我這是要創造兩個中國的謀略。甚至，想要以武力鎮壓臺灣人民的心聲，迫使臺灣走向獨立之路，加速製造兩個中國。事實上，一國二府的時代已經結束了，只是大家不知道這一點而已。」

李登輝總統嘆氣地說道。

「但是，總統，櫻岡在分手的時候對我說了一句很奇妙的話。」

「他說了什麼呢？」

「他說這不就是『亂中發現活路』嗎？」

「哦！什麼意思啊？」

「我問他什麼意思，他笑著對我說：將來中國大陸發生大亂，中國分裂，也就是說，中國地方出現群雄割據的事態時，狀況就會完全改變了。到那時候，日本就會率先承認臺灣政府。」

「哦！等到將來中國大陸分裂啊！」

李登輝總統思考著。櫻岡幹事長到底出的是什麼謎題啊？難道要我們努力使得中國大陸先分裂嗎？

「現在，最重要的就是要使亞洲的冷戰結束吧！」

「說到要使亞洲的冷戰結束，美蘇對立已經解除了，但是亞洲的冷戰並沒有結束呢！」

李登輝總統陷入沉思中。

「是的。中國的社會主義體制瓦解之後，亞洲的冷戰才會結束。」

「的確如此。那麼，該怎麼做才好呢？」

「還不知道該怎麼辦呢！」

呂院長搖搖頭。

「就這樣和他分手了。但是歸國時，櫻岡突然和我聯絡，讓我在羽田機場與青木外相在極短的時間內展開非正式的談話。」

「這不是很好嗎？能夠見到與日本政府有關的人，就是一大成果。爲什麼你先前不說這件事情呢？你是否請求他支持我國？而他又怎麼回答呢？」

李登輝總統連聲問道。

「青木外相正預備從羽田機場搭乘飛往福岡的飛機，候機時間爲十五分鐘，在這個時間於特別等候室見到他。只有時間與他打招呼，並沒有切入話題。」

「真是沒辦法。」

「青木外相先道歉說，對於一國的首相不能以政府的官商立場加以歡迎真是感到抱歉。詳情我是從櫻岡那兒聽說的。關於我國加入聯合國的問題，日本政府基於與中共的關係，只能夠採用棄權的決定。但是，如果中國真的進攻臺灣本島的話，則他和美國一定會採取共同的步調，支援我國。」

「到底有哪些支援呢？」

「內容就不得而知了。」

「只不過是嘴巴上說說而已。」

李總統搖搖頭。以往在非官方的會見場合中，也有過這些的口頭允諾。

「薛外交部長，你那邊進行的情形如何呢？」

薛外交部長笑著點點頭。

「我到紐約的聯合國事務局去，雖然允許入境，但不能去華盛頓。不過，這一次在紐約，非正式地和美國駐聯合國首席大使喬安小林，和負責東亞事務的國務次官科瓦爾斯基會談。」

「是嗎？做得很好。關於加入聯合國的問題他們有什麼說法？」

「華盛頓還沒有做出最後的判斷。但是，如果中國違反國際輿論，持續攻勢的話，他們支持臺灣加入聯合國的可能性非常地高。」

「是嗎？這樣就好了。只要美國贊成的話，就好像雪崩一樣支持我們加入聯合國的國家就會增加。對我國很有利呢！」

李登輝總統用拳頭敲著桌子，很高興地說著。

「總統，您還不能夠高興。還有條件哪！小林大使認爲贊成加盟的票還不夠。贊成數目不夠，這時只有取得觀察員的資格了。」

「我也考慮過這些順序，但是觀察員沒有任何的權利。想要得到與PLO或北韓一樣的待遇，還是對中共有利。只有真正得到國際社會認同的獨立，才是最可靠的。如果不能取得聯合國加盟國的權利，沒有任何保障。」

薛外交部長點點頭說道：

「美國已經準備好發動各國支持我國加入聯合國。關於這一點，我當場請求他們的幫忙。小林大使對我國深表好感。」

「聽到名字，他是否爲日裔美國人啊？」

「的確如此。而且國務次官科瓦爾斯基也說，美國將會派遣第七艦隊到臺灣海峽，牽制中國的行動。」

「不愧是美國。絕對不會無視於我國的危機。」

「次官認爲臺灣有事，日本海軍也會出動，和第七艦隊展現共同的行動吧！」

李總統皺著眉說道：

「呂院長，關於這一點，青木外相有沒有說什麼？」

「不，什麼也沒說。」

呂院長搖搖頭。薛外交部長說道：

「日本海軍以前曾有過千海哩防衛論。根據這個理論，為了保護日本的生命線，海上防衛甚至會出動海軍兵力，到達離領海較遠的極東海域。可能不是為了我國的防衛，而是為了防衛自己國家，以備必要的事態出現，而會和第七艦隊展現同樣的行動吧！」

「是嗎？那麼，即使日本海軍出動，如果對於我國不進行防衛支援，或者是海上補給路線沒有危險的話，就會一直在那觀察事態嗎？」

「可能是如此的。如果日本海軍發動攻擊，也許中共軍隊就會採取正當防衛的反擊。」

呂院長摸著白髮，站起來說道：

「我認為中國軍隊應該要對第七艦隊或是日本海軍的艦艇發動攻擊，這樣的話，美日不得不捲入我國與中國的戰爭之間，不得不作戰。」

李總統看著薛外交部長，搖頭笑道。

「世間的事不見得都是好運的。最好是美日出動，使中共撤退。而且不要戰爭就能夠承認臺灣獨立，不是最好的事嗎？」

「是嗎。我也這麼想。」

呂院長低下頭來。李總統詢問薛外交部長。

「還有什麼要說的呢？」

「次官說，美國政府、國務院目前在對中國戰略上，展開重新作業。」

「哦？到底要重新改善哪些事物呢？」

「似乎是對於中國的將來，對於沒有希望的中國，想要誘導她成爲一個有希望的中國，而採取不同的戰略。也就是說，進入二十一世紀，不希望中國成爲亞洲的超大國，不希望她成爲亞洲的盟主。因此，到底希望她成爲何種政治型態的何種國家呢？」

「中國的事情由中國人考慮，臺灣的事情由我們臺灣人來決定。即使現在中國的體制是獨裁的，可是也不允許外國的介入。」

「話雖如此，美國政府表面不會介入，可是他們一定希望現在的中國能夠分裂。如果分裂爲一些國家，中國就無法成爲超大國。這是美國最希望的事情，也算是爲我們國家著想啦！」

李登輝總統瞇起眼睛。

「日本的櫻岡幹事長也說了同樣的話嗎？」

「日本不會說出這種話。但是，我想他們在內心裡一定希望中國能夠出現大亂、分裂。」

「的確如此。」

李總統開始逐漸瞭解櫻岡幹事長謎語中的意思了。

混亂中出現活路？

李總統想，也許真是如此吧！日本的櫻岡幹事長等人，如果真的希望臺灣獨立的話，應該不只執著於臺灣的防衛，而會希望中國能夠分裂。

最快的方法就是反攻大陸。去攻擊中國，引導中國大亂。

真蠢哪！哪有可能做出這種錯誤的事情呢？臺灣只有拼命防衛本國的軍事力而已。

我國沒有這種力量，日本和美國也知道。那麼，有什麼其他的方法使得中國大亂呢？該怎麼做才好呢？

李總統深思著。薛外交部長說道：

「後來，我又去了法國、英國、俄羅斯，不管到哪個國家，都和外交官員進行正式的會談。英國和法國都採取支持我們加入聯合國的方針。俄羅斯態度還沒有決定。而我提議俄羅斯海軍可以利用我國的港口建立海軍基地，雙方締結新的通商友好條約。但是，附帶的條件則是要他們贊成我國進入聯合國。相信不久的將來，他們就會有回音了。」

「事情進行得很順利嘛！其他國家如何呢？是否派遣特使呢？」

「是的，陸續有報告進來。」

薛德餘外交部長打開手邊的資料，說道：

「以往保證承認我國、支持我國加入聯合國的國家有二十九國。沒有確立，但是瞭解獨立的意義，可能支持我們加入聯合國的國家爲二十二國，總計五十一國。此外，在意中共而持保留態度的國家，對於我國獨立以及我國加入聯合國抱持好意態度的國家爲三十四國。」

「還太少了！」

「當然，我們要繼續努力增加這些支持國。如果真的不能夠明確地表明支持我國的立場，至少要棄權。」

「中國支持國的數目呢？」

「以和中共之間有密切關係的國家爲主，大約有六十四國。此外，同情我國，但因爲政治、經濟的關係而支持中共的國家有二十多國。剩下的聯合國加盟國都持保留態度。如果取得單純過半數九十三票，還需要四十二票。」

「不要有九十三票等等的消極想法。要得到一百票以上的支持，壓倒中國才行。

這樣就能夠分離現在中國支持派的國家。支持中國的國家，會給人一種想要靠力量封殺自由與民主主義的非民主國家的印象。對於這些顧忌中共，而消極支持中國的國家，一定要說服他們改變立場支持我們。否則的話，這場戰爭我們會失敗。」

「知道了。聚集成員，增強大衆傳播媒體的對策，強化對各國的遊說。」

呂院長和薛外交部長點點頭。李總統看著兩人。

「還有其他的事嗎？」

「還有兩個問題。一個是在國內反對與中國作戰的勢力已經展開活動了。」

呂行政院院長面有難色地說著。

「哦！不想和中國作戰？是中國在攻擊我們耶！並不是臺灣主動攻擊。到底他們是哪些人啊？」

「這些人自稱爲愛國學生青年同盟，是激進的民族派團體，打起只有一個中國的旗幟，進行街頭示威遊行。問題在其背後，有一部分我們的黨員支持他們。」

「這麼重要的時候……」

李總統嘆氣說道。

「但是，這是民主主義。即使是再正當的意見，還是會有異論提出的。各種意見互相爭論，才能創造出國民意識。」

「但是，如果我國發生暴力事件可就糟糕了。原本應該是有良知的意識廳立法院，現在卻成了互相鬥毆的場所。」

呂院長苦笑地說著。相當於臺灣國會的立法院，前些日子在戰爭非常支出的決議中，獨立贊成派與反對派陷入大混亂，演出全武行。

「我國的議員不論男女都血氣方剛，只要意見不同就立刻訴諸暴力，想要使對方沉默。」

薛外交部長摸摸後脖頸。薛外交部長也曾經在議會的官員席上，被衝過來的反對派議員勒住脖子毆打過。他又想起了這些事情。

「還有一個問題是什麼？」

呂院長說這句話的時候，玻璃突然震動，聽到了轟隆巨響。李總統看著窗户的方向。

是敵人的飛彈攻擊嗎？如果是的話，事前就應該發出警報啊！

呂院長神情緊張。薛德餘外交部長趕緊站起來，跑到窗邊。外面引起大騷動，聽到救護車的聲響。

「廣場那邊發生了什麼事情吧！」

薛外交部長叫道。

李總統站起來，走到窗邊。廣場的方向冒起黑煙，車輛燃燒起來。參加集會的人一起逃散，聽到哀嚎和尖叫聲。接著，爆炸聲又在舉行集會的廣場附近發生。爆風吹拂衆人，火燄上昇。

「神吶！這是怎麼回事啊？」

李總統不禁叫著。呂院長飛撲到桌上的電話旁怒吼。

「快接治安總部。」

6

廣州　七月十三日　晚上八時十五分

天色已經非常暗了。廣州街頭籠罩在一片黑暗中。距離稍遠處的繁華街道的霓虹燈，映照在低垂的雲層上。

先前還騎著腳踏車急忙趕回家的人群，現在都已經離開了。就好像退去的潮水一般。

前准將劉仲明從飯店的房間俯看廣州街道，等待電話響起。時鐘已經繞過了約定的時間晚上八點。

軍人非常的準時。到底發生什麼事情，爲何會延遲這麼久呢？還是中了圈套呢？這可以說是一賭八的賭局。萬一對方背叛自己，也是無可奈何。因爲是自己主動要和對方談話，如果對方利用自己的行爲而逮捕自己的話，也沒什麼牢騷可發的。現在就算責備對方也沒有用了，因爲大勢已定。

經由琉球進入香港是在四天前。後來，坐火車進入廣州。三天前透過中間人與對方接觸。昨天對方有了回音。

現在，爲了加以報復中共當局凍結了臺商的資本、扣押設施，臺灣企業已經開始由中國總撤退了。

在這個時候進入中國，在深圳進入國境時，接受嚴密的盤查。可是因爲塞給對方官員一些錢，所以平安無事地通過了。

以往對於中國導入資本及導入技術各方面，劉貢獻頗大，得到廣東省的禮遇。這一點也有幫助。

電話聲響起。劉深呼吸拿起了聽筒。

聲音高亢的男子說道。

『是劉先生嗎？』

「是的。我是劉仲明。」

這通電話對方通知在大廳等待。劉說立刻會下樓，於是切斷電話。

劉將準備好的手提箱拿在手上，走出房間。

大廳有兩名男子在等待著劉。男子前後挾著劉，好像護衛似地走在飯店內。

「到哪去？」

「在下面等您呢！」

一名男子禮貌地回答。劉覺得他是一位堂堂正正的軍人。

飯店的地下室是一間高級的中餐廳。男子們默默地將劉帶到那兒。

餐廳外面似乎已經得到了聯絡，因此迎接劉的人什麼也沒說，把他們帶到個人房。負責人打開個人房的門，劉在帶他來的男子們催促之下，走進房間。

圓桌前坐著四名男子。四人都站起來，迎接前准將劉仲明。穿著麻製白西裝的男子先伸出手來。

「好久不見了，劉社長。」

劉和這名穿著西裝的男子握手。

「謝謝你的照顧。葉永福先生。」

葉永福是廣東省實力者葉選平的一位親戚，以前曾是人民解放軍的技術幹部。辭去軍幹部的工作之後，現於深圳經濟特區開發公司工作。

後來，在香港開設證券公司，擔任社長（主席）。劉在深圳經濟特區與葉有生意往來，因此認識他。劉和葉都是客家人，在認識之前就已經聽說過對方了。

葉笑容滿面，環顧周圍衆人。

「左手邊的這位是，廣東軍參謀長白治國少將。」

最初介紹的是，在旁邊穿著草色軍用襯衫的將軍。

「你好，劉先生。也許我應該稱閣下爲劉將軍吧！關於你的事情我聽過很多呢！」

「我也聽過白將軍的大名。有白獅子將軍的別號，不愧是勇猛果敢的武人呢！」

「不敢當。」

葉將手伸向穿著白色襯衫的男子。

「隔壁這位是中國共產黨廣東省委員會的謝書記同志。而旁邊的是中國共產黨廣東省副書記、廣東省長李先生。」

全都是在廣東省赫赫有名的大人物。兩人都和劉打招呼，互相握手。

幾個店員端來了美味佳餚和紹興酒。劉吃著菜，大家互相敬酒，和中國方面的四個人聊天。

店員們擺下菜離開之後，劉問葉。

「今個兒我有事想請各位幫忙。」

「待會再說。」

葉看著白將軍。白將軍點點頭。

「不要緊，這些人已經仔細檢查過這間房間，沒有竊聽器。」

「那就可以了。北京的特務非常多呢！連吃頓飯都不安寧。在這兒應該不要緊。劉先生你可以安心地說了。」

葉笑著說道：

「關於這一次臺灣和中國的戰爭，坦白說，我認為要制止這場無意義的戰爭才對。尤其是不想和廣東省及福建省的人作戰。」

「我有同感。」

葉和白參謀長點點頭。謝書記和李廣東省長默默地吃東西。

「因為戰爭而造成的傷害，損失嚴重的就是我們和廣東軍，而得到利益的卻是北京中央政府而已。你們和我們為了他們流血、流淚，應該要打破這個現狀才對。」

「要怎麼打破呢？」

葉詢問道。

「命令前線部隊不要和廣東軍作戰，應該要無條件停戰。」

「這太勉强了吧！怎麼可以背叛中央的命令呢？」

白參謀長搖搖頭。

「那麼，廣東可以獨立出來，不要理會中央政府。這樣就不用聽他們的命令啦！」

白參謀長看著謝書記及李廣東省長。葉回答道。

「雖然我們也想這麼做，但是還是有很多問題。」

「你覺得如何呢？如果廣東省另外創設一個與中央不同的政府或其他的國家，我國也會很高興地協助你們。和你們攜手合作，與北京作戰。」

劉看著四人。

「的確是有趣的提議。」

李省長微笑，凝視著劉。眼中閃耀著光輝。

在旁的謝書記什麼也沒説，默默地啜飲著紹興酒。劉繼續説道：

「廣東省和北京的語言、風俗習慣完全不同。就歷史而言，廣東每一次都是中央的犧牲品，這一次也不得不捲入戰爭中。

我們認爲，我們是流著同樣血液的中華民族的人民。因此，不希望同胞的血流在大地上。半世紀以前，我們的祖父母那一代的人，因爲主義主張的不同而戰爭流血，我不想再重蹈這個錯誤。可是，中國人口與版圖太大了，十二億人民以及整個版圖只由中央政府集中統治，造成現在的系統有很多勉强之處。而中國在世界上形成一個很大的桎梏。我認爲與其如此，還不如讓十二億人民按照各民族的特性，或者是適當規模的人口，而獨立出不同的地方，形成一個國家的聯合，創設一個大中國。」

劉說完之後看著對方的反應。四、五個人面面相對，一言不發。

「例如，廣東省和福建省可以合而爲一啊！」

劉將放在腳邊的手提箱擱在桌子上。打開蓋子，取出一張地圖。那是中國全境的地圖。

「廣東省和福建省、香港、澳門合成一個獨立國，再加上我們臺灣的話，就可以成爲亞洲第一大國。北京也知道這一點，因此一直想將廣東省納入自己的統治之下。」

四個人眼睛看著地圖後面面相對，好像在用眼神交換意見似的。終於，一直保持沉默的謝書記開口說道。

「我們有我們的想法。爲了實現這個計劃，希望借助貴國的力量。」

劉注意到謝書記將臺灣稱爲「貴國」。

「該怎麼幫忙呢？」

謝書記以平靜的語氣開始說道。

第二章　開始進攻臺灣

1

東京　七月十四日　下午十二時十五分

日比谷公園到了中午休息時間之後，有很多的上班族和ＯＬ在此。北鄉涉走在深綠的樹林中，眼睛看著通往官廳街的公園出入口。許多穿著白襯衫的男子們，在暑熱的陽光下行走。

北鄉涉慢慢地登上野外音樂室的樓梯。樹間傳來唧唧的蟬聲。手上拿著在中途買的漢堡袋子，坐在野外音樂堂觀衆席的石階上，涉抬頭仰望藍天。在陽光下即使什麽也不做，脖子和額頭依然會冒汗。

涉找了一個樹蔭下的位置坐了下來，脱掉帽子。坐在舞臺附近樹蔭下的ＯＬ們正在交談、笑鬧著吃便當。

突然想起待在北京的弓，不知道她怎麽樣了。

已經很久没有弓的來信了。哥哥北鄉譽原本住在北京，所以暫時能放心。但是，譽最近歸國，真的不知道弓怎麼樣了，感覺很不安。

這個傢伙根本就不像女孩，如果是男孩子的話還好，真希望她能夠更淑女一點。而和她來往的男子也非常地奇怪。真是非常任性的女孩，想到自己以往經常被她捉弄。

不久前寄來的幾封明信片上，畫著中國大學生活的辛苦和好玩的插圖。最後看到的明信片，則畫著展現民主運動的示威遊行的插圖。希望弓不要捲入這場運動中。雖然這麼想，可是弓一定會成爲示威遊行者之一。想到此處，就讓他覺得擔心得不得了。

在上海的勝又不知道怎麼樣了？

涉打開紙袋，取出咖啡，用吸管吸了一口。

涉想起父親正生曾說過二勝二敗。

父親認爲如果有幾個兒女，其中的一、兩個一定會表現得較奇怪。這是父親看到朋友家庭的情形，根據經驗而有這樣的感覺。

以自己的家庭而言，長男譽繼承父親的衣缽，通過外交官考試，順利走向外交官之路。雖然父親反對自己當軍人，但是還是走上自己所喜歡的海上自衛隊之路。

三男勝遍訪亞洲及中國各地，過著類似大陸浪人的生活。最近好不容易在上海暫時定居下來，擔任企業的翻譯工作，但是他想勝不可能就此安定下來，一定會繼續過著不羈的生活。

勝和弓可能都承襲母親美智子的系統吧！母親喜歡氣派，經常和朋友們一起去觀賞戲劇或是享受旅行的樂趣。外交官僚的想法都比較頑固，不管是誰碰到父親這樣的對手，都會被壓得喘不過氣來。如果不是母親這種樂天派活潑、開朗的女性，恐怕很難和父親在一起生活吧！

「喂！等等！」

聽到哥哥譽的聲音，涉回頭看。譽穿襯衫打領帶，背上搭著西裝走了過來。

「哥，你看起來不錯嘛！」

「你也讓人很安心嘛！還沒吃飯嗎？」

「吃這個。」

涉打開裝著漢堡的紙袋。譽臉上露出錯愕的表情。

「這是自衛隊的午餐嗎？你應該好好吃一頓午飯哪！」

「比自衛隊的東西好吃多了。」

譽坐在石階上，從涉的手上拿過紙袋，取出一個漢堡大口地吃著。涉也吃著漢堡，臉頰都鼓脹起來，同時喝著咖啡。

「剛剛我還在想弓和勝的事情呢！他們怎麼樣啦！」

「媽也打電話來問我。雖然我要她放心，可是我對弓真的感到很擔心。」

「真的是這樣。她到底怎麼回事啊？」

「離開北京的時候太過匆忙，因此我是瞞著弓歸國的，所以我感到很擔心，請晚輩們與弓取得聯絡。聽說她搬出宿舍不久之後，就和朋友一起租房子住。上週回到北京時，爲了和弓取得聯絡而到她的宿舍去，結果只有她的同居人在那，說她到上海去還沒有回來。」

「同居人？是男女同居嗎？她被哪個男人騙啦？」

「唉呀！別擔心。同居人是一位維吾爾族的女孩，叫做童寧，是位美人呢！」

涉這才覺得安心。譽笑著說道：

「嗳！她都已經二十三歲，是大人了，你不需要擔心。剛開始時我也很擔心啊！但是看見父親的態度以後，我就不這麼想了。和父親談話之後，他說弓有自己的人生，周圍的人不需要爲她擔心。他認爲相信女兒、默默地守護著她是最好的。我覺得和父親一番談話之後，覺得父親的想法是正確的，我們也應該要抱持著與父親同樣的態度才對。我們不需要代替父母來擔心弓的問題。」

「話是如此，但是在這個時期還是令人擔心呢！」

涉嘆口氣，譽拿出香煙遞給涉。涉抽出一根刁在嘴巴裡。譽摸摸西裝的口袋，而涉則拿出打火機來點火。

「如果她到上海去的話，可能會去找勝吧！」

「我也這麼想，打電話給在上海的勝，但是卻沒有人接電話，只有答錄機。」

「這兩個人哪！希望他們能夠做出適當的事情。」

「只能這麼想啦！」

哥哥譽聳聳肩，噴出一口煙。

「哥沒有辦法戒煙嗎？」

「唉呀！太多壓力了。不抽煙的話，根本沒有辦法承受壓力。」

涉凝視著譽。譽和妻兒分居，因爲譽幾乎不在日本，所以妻子帶著孩子回娘家去了。

譽曾經把家人一起帶去上任，那是在非洲的邊境地帶。結果原本身體就不好的妻子染病而臥病在床，後來就不再和譽一起上任了。因此，到北京去時譽也是單身赴任。

現在的政治情勢以及工作忙碌，的確給譽相當大的壓力。雖然知道抽煙對身體不好，但是爲了消除壓力，又開始抽原本已經戒了好長一段時間的煙。

「把你叫到這兒來没別的事，就是要討論中國的情勢。」

涉瞇著眼睛看著在別處笑鬧的ＯＬ們。

「嗯。」

譽把剩下的漢堡全都塞在嘴巴裡，從涉手中取過咖啡來一飲而盡。

「雙方處於微妙的立場呢！」

涉在統幕進行作戰幕僚的工作，而哥哥譽則擔任外務省情報局對中國政策計劃小組的主任。

「當然，我知道你有一些不能說的事情，對吧？」

「是啊！不過還是可以交換個人意見。外務省或防衛廳一旦陷入本位主義中，就會走出錯誤的國家之路。」

「的確如此。因爲我只相信你，所以要跟你交換意見。不知道你怎麼想？再這樣走下去，中國在軍事或政治、經濟上都會成爲亞洲第一超大國。這樣就會違反日本的國益。」

「這也是無可奈何之事啊！他國的事情，我們自衛隊怎麼能夠干涉呢？」

「難道默默地坐視中國的作法不顧嗎？」

「別說這些話。難道你要日本的自衛隊去阻止中國的暴行嗎？這是不可能的。我國自衛隊的任務，是在遭受他國進攻時防衛國土或國民。不可能實行脫離專守防衛的作戰，而且也沒有這個力量。」

「我當然知道這一點。我不是想要利用自衛隊來抑制中國的軍事力量。訴諸戰爭是在政治外交手段完全無計可施的時候，所進行的最後階段。戰爭之前還是有外交任務。如果打算以軍事對抗中國的話，則日本要先擴充軍隊才行。這不是走倒退路的作法嗎？我只是希望你以自衛官的立場，也就是以軍事專家的立場來分析中國，想聽聽看你的想法。我不是要知道現在自衛隊到底有何打算，不過我覺得現在自衛隊還是必須要考慮如何應付中國呢！」

譽凝視著涉。

「我知道。正如哥哥所說的，現在正在承受著中國可能成爲軍事大國的威脅。包括大衆傳播媒體在內，幾乎所有的國民都沒有注意到中國的核子飛彈是否會朝向日本，這的確是一件很奇怪的事情。中國的大陸間彈道飛彈，隨著發射好幾個人工衛星之後，變得更爲精密，命中精度非常地高。而這個飛彈目標可能是日本中樞東京、琉球或佐世保、橫須賀等美國軍事基地。對這些威脅，大家根本坐視不顧，認爲中國不可能會攻擊日本，這根本是一種毫無根據的說法。反而對於北韓命中精度較差的飛彈抱持警戒之心，擔心北韓不知道會做些什麼，這也是毫無根據的想法。

中國在七〇年代控制西沙群島，而這一次繼南沙群島之後又控制了東沙群島。事實上，已經打算在南海稱霸了。而且，外洋艦隊具有航空母艦。所以，藉著與臺灣的戰爭爲契機，可能觀察日本和美國的對應態度如何，隨時都可能封鎖南海，導致兩國船隻無法通行海上。如此一來，中東的石油無法運到日本，日本立刻就會露出破綻。

或者是中國繼續進行改革開放經濟，持續高速經濟成長，在幾年內中國的農業生產無法供應中國的十二億人口，中國必須由外國進口大量的農產品，到時對於日本和周邊諸國而言就會造成不良影響。在中國國內吃不飽的人，恐怕會有幾百萬難民湧向周邊諸國。

所以，這次的中臺戰爭展開，可能會使臺灣與中國兩邊的難民會大批湧向日本。談到這些問題，中國對日本而言的確是重大的威脅，所以絕對不能夠忽略中國的情勢。」

「我深具同感。」

「我的想法是，對於目前持續進行的中臺戰爭的發展，我們必須要做好所有萬全的準備來應付。」

「你想可能會發生何種事態呢？」

「最緊急的問題，就是要確保海上補給路的安全。經過麻六甲海峽、倫波克海峽的海上交通線，在承受中國海軍的威脅下應該如何防衛，是一大問題。即使投入所有自衛隊的戰力，也很難確保海上補給路的安全。」

「嗯。」

「其次就是要保護及救出住在中國的僑民，同時要確保日本企業的資產和權益。我認爲，萬一中國和日本進入戰爭狀態時，我們自衛隊能做的只是保衛及救援僑民，没有辦法保護日本企業的資產或財產。哥哥你有什麼看法？」

「的確，這是個非常現實的問題。我想說的就是以更長期的戰略觀點來探討對中戰略。自衛隊很難插手政治外交，但是相信也有你們個人的意見。對於邁入軍事大國之路的中國，我國應該做些什麼事情？」

涉皺著眉，慢慢點頭說道。

「我們是軍人，只會有一些軍事的觀點。因此，我想聽聽哥哥的意見，你先說吧！」

涉將煙蒂丟在腳邊，用鞋尖踩熄。

「今後十年内，中國一定會成爲亞洲最大、最强的軍事國家。但是，也會成爲一個統一國家。而對於這些發展，日本可以選擇的道路有三條。第一，就是加强與美國的同盟關係，對抗中國。第二則是切斷美日關係，與中國同盟，以軍事協助的方式，和中國一起對抗美國和歐洲。第三條路，則是日本和美國、中國都締結同盟，採行等距離外交的作法，與國際機構攜手合作。」

「哪一條路比較好呢？」

「哪一條路都有困難。實際上，只能走第一條路。因爲如果沒有美國的話，日本的防衛無法成立。但是，我個人卻認爲應該走第三條路。」

「你說的國際機構是指聯合國嗎？」

「現在只能依賴聯合國。將來，如果創設了聯合國常設軍或者是聯合國和平執行軍等，日本也能成爲其一員。」

「那麼，在軍事上應該要如何應付中國呢？」

「中國就算巨大，也不是海洋國家。也就是說在陸地上强，但是在海空方面有弱點。中國最可怕之處就是在渡海過後。因此在戰略上，一定要把中國牢牢地綁在陸地上。就像第二次世界大戰一樣，包括日本在内先進各國派遣軍隊到中國，加以分割支配的作法一定要趕緊進行。」

「只要巨龍不渡海，力量就不强了嗎？」

「是的。要把巨龍封在陸地上，只能採取這種戰略。問題是誰去綁住巨龍的頭？」

「第二條路，就是幫忙巨龍渡海嗎？」

「如此一來，雖然日本在中國傘下就能平安渡過下一個世紀。可是，卻必須和美國隔著亞洲或太平洋對決。這也是有可能引發戰爭的危險之路。」

譽抬頭仰望天空，深思著。

「哥哥有什麼想法？」

「我在想，該怎麼樣才能夠將中國誘導爲一個民主、和平的國家。」

「能夠辦到嗎？」

「應該可以。童話故事不是也有這樣的一段敘述嗎？太陽和北風打賭誰能夠讓旅人脱下大衣的故事。不要以軍事的强制方式，而採用經濟或外交的方式誘導比較好。」

「你是説ＯＤＡ或是糧食援助嗎？但是現在不是已經使用這個方法了嗎？」

「是啊！如果能再加上政治手段的話就更好了。」

「例如？」

「在中國内部創出獨立國家，使中國分裂。這樣中國就不會像現在一樣成爲巨大國家或軍事大國了。」

譽眼中閃耀光輝。涉不禁探出身子來説道。

「外務省有這種想法嗎？真是有趣啊！你說給我聽。」

涉用手擋住刺眼的陽光，看著哥哥譬。

「這不是外務省的想法，而是更高層的決定。」

「高層？」

「是啊！而且還下達命令要創設實行這個戰略的機構。」

「到底創設哪一個機構呢？」

「日本版ＣＩＡ啊！如果ＣＩＡ聽起來不順耳的話，就是日本版ＮＳＡ（國家安全保障局）。是直屬內閣的情報機構。而我國情報局也有成員參加。」

涉眯起眼睛。

「哥哥嗎？」

「是的。昨天正式辭職了。表面上是外務省的職員，事實上卻是情報員。」

「不要緊嗎？諜報機構在任何國家都是不受歡迎的人，很難出人頭地耶！」

「說什麼蠢話，涉。我在省內也不可能會出人頭地啊！要想出人頭地，也不過是某個國家的大使，最高的話也只可能爬到事務次官的職位而已。與其如此，我還不如待在驅動歷史的現場，用我的手來推動整個世界，這不是更有趣嗎？」

「看似冷靜的哥哥，事實上還是流著父親的血。父親就是因此而擔任大使的。」

「是啊！我想我應該更像祖父吧！我們家代代都是血氣方剛的人，沒辦法！」

譽搖搖頭笑著。

「也許是祖父的血吧！」

涉不禁苦笑。

祖父北鄉邦正是前帝國陸軍上校。是尊敬孫文亞洲主義者的武人，是批評對美戰爭、倡導世界最後戰爭論的石原莞爾將軍的信奉者。因此，經常被由東條等人所佔據的軍中央排擠，無法出人頭地。在戰敗時，擔任中支派遣軍作戰參謀，與當時國民黨軍或八路軍互相作戰。只有祖父的師團一直不敗。

戰敗後，祖父邦正被趕到大陸，在逃到臺灣的國民政府軍的邀請之下，秘密逃出美軍佔領下的日本到了臺灣，擔任軍事顧問，幫助國民政府軍的重建。祖父是連宿敵國民黨軍都非常尊敬的參謀將校。

祖父死去之後，臺灣總統曾送來弔唁信及花圈，連大陸方面的人民解放軍幹部們都送來花圈，令譽和勝感到很驚訝。祖父對於國民黨軍和八陸軍而言，都是值得尊敬的人。

父親北鄉正生也是不亞於祖父的反抗男子。父親和身為軍人的祖父不同，是一位徹底討厭軍隊的和平主義者。自己不斷地努力，到開發中國家的大使館就任，曾經輾轉到過亞洲、非洲等開發中國家。

擔任駐印尼參事官時，正生曾因爲認爲日本的ODA作法並不是爲了當地國民，而是肥了印尼政府官員與日本企業，因此批評政府的援助。所以得到NGO的援助團體和當地國民的喝采，但是卻受到上層部的排擠，沒有辦法出人頭地。

因此，最後在擔任非洲小國的大使之後退休。不過現在還是擔任外務省外廓團體國際開發中心的理事。

父親和祖父都不喜歡拐彎抹角，是非常直率的人。

「這個機構的名稱是什麼？」

「還沒有正式名稱。先取NSA（國家安全保障局）的開頭字母N，稱爲N機構。」

「N機構嗎？哥哥，你在那兒做什麼事啊？真的擔任秘密諜報工作嗎？」

「你是說〇〇七嗎？那也不壞啊！不過我好像不是負責這些任務，可能是情報分析官等等的事。」

譽摸摸下巴，臉上露出無所謂的表情。

「你覺得快樂嗎？」

「啊！工作沒什麼樂趣，沒有幹勁。你也是如此吧？」

「嗯，可以這麼說。」

「有很多自衛隊的成員加入N機構，也許你也可以插上一腳。」

「我可不喜歡！」

「爲什麼呢？」

「我不喜歡別人拿我和哥哥比較。而且無法充分發揮自己的實力。」

「說的也是。有這麼能幹的弟弟，對我而言是一種壓力呢！」

「畢竟我是軍人，比較適合在戰場作戰，不適合情報戰。」

「沒關係，反正我們都是爲了日本、爲了國民而戰的嘛！」

「我打算爲自己而戰。我相信我是爲了國家和國民著想。」

涉對譽展露笑容，但立刻又恢復嚴肅的表情。

「哥哥，先前我們所討論的，該怎麼樣才能使中國分裂呢？」

「沒這麼簡單，但是還是有辦法的。我想到了一個方法。」

譽看看周遭的情況，壓低了聲音。

譽說出的內容好像是夢話一般，但是涉側耳傾聽譽的戰略，想像將來日本和中國的情況，不禁想起春秋戰國時代的中國。

2

香港　七月十五日　上午十一時三十分

天空一片晴朗，炙熱的陽光照亮了整個海洋。遠處香港島的街道上，映照著從海上反射過來的陽光。

站在高臺上的秦平中將推起太陽眼鏡，看著香港島的方向。聽到直升機的聲音。島是在距離香港島海灘十公里處的孤島，是香港財閥劉重遠所擁有的島，爲方圓五公里的小島。

「秘書長，來了。」

在旁邊的安龍看著望遠鏡說著。秦中將點點頭。

「很準時。」

秦中將發出安心的嘆息聲。安龍是優秀的工作員，但是還是不能完全相信他。可能是一些從事特務工作的人，具有的一種獨特習慣吧！

絕不能夠衷心相信他人，只能夠利用他人。這種習性可以說是特務的人性。因此，身爲雇主的自己也害怕對方的背叛。因爲特務是完全不信任他人的人。

一架大型的直升機出現在島的海灘上。好像香蕉形狀的機體，畫著青綠色的迷彩，原本表示國家的標幟被塗抹掉了。

在島的各處拿著自動手槍，保持武裝的警備員在守候著，周邊海域好像南北夾住島似的，飄著中國海軍旗幟的兩艘沿岸的哨戒艇停泊在此處。

島的小棧橋停留了白色大型的外洋遊艇，而在其旁邊停泊了兩艘小型的遊艇。全都插著屬於香港的旗幟，兩艘都是劉重遠的船。

島的中央頂插著無線天線，岩石下方白色的建築物隱藏在綠色的樹林中。樹林側面的綠草地閃耀光輝，在旁邊則是一座游泳池。

游泳池周圍插滿洋傘，許多的女性穿著泳衣躺在那兒。灑水機不斷地灑水，女士們對飛過頭上的直升機揮手。這是劉叫來負責接待的女性。

大型直升機好像俯看屋頂和游泳池上方似的盤旋。在住宅後面空地的水泥地上，有一個畫著圓形以及十字的專用停機坪。空地旁則是一棟倉庫建築物。

在停機坪已經停著先前到達的兩架直升機。一架是直升五型（Z—五）戰鬥直升機，另外一架是AS三三二超級美洲豹直升機。兩架飛機的機身都清楚地畫上中國國籍的標幟。直升五型是中國陸軍的主力戰鬥飛機。而AS三三二超級美洲豹，則是當成VIP運輸用的中國軍所採用的直升機。

秦中將看著站在旁邊的心腹賀堅上校。賀堅上校一直看著上空。

大型直升機刮起一陣强風，好像要吹倒周圍的草和樹葉似的。巨大的機體緩緩降落在地面。

螺旋槳還沒有停止轉動之前，負責接待的地上作業員已經跑向直升機。門從內側打開，放下了舷梯。

穿著橘色工作服的人員出現，拉起舷梯的扶手。

最初出現的是一位削瘦的男子。臉型看起來很像狐狸，是一位精明幹練的男子。感覺與安龍具有同樣的氣質。秦中將認爲他可能是一位特務。

「這是臺灣的軍統羅少校。」

安在秦中將的耳邊說著。事前曾經調查過羅少校，但是關於他的經歷有很多不明之處。公安部到現在還無法正確地掌握真相。

羅少校來到地上之後，看著前來迎接的秦中將等人，對他們笑一笑。迎接他的安龍與羅少校握了手，打招呼。等待在兩人身後出現的人影。

終於在穿著白色制服的護士陪伴之下，一位白髮老人從機艙內出現在舷梯口。

「這位是臺灣國民黨顧問袁元敏先生。」

在旁邊的賀堅上校輕聲地說道。秦中將點點頭。袁元敏看起來比照片上更有元氣，雖然體型削瘦，但是步伐穩健。白髮全都梳向後方，目光銳利，似乎能看穿他人的心底。袁一步一步地走下舷梯來到地上。

「袁先生，幸會幸會。我是秦平。」

秦平中將向袁元敏伸出手來，袁靜靜地點了點頭，握住秦中將的手。

「真不好意思，秦將軍。還要你親自來迎接。」

袁元敏和秦中將互相進行禮貌性的擁抱。秦中將介紹在他身旁的賀堅上校及其他的成員。袁老人一一向他們點點頭，與衆人握手。

「啊，太熱了。先到家中吧！」

秦中將請袁元敏走向住宅的方向。袁一邊和秦中將交談，一邊以緩慢的腳步走在通往住宅的小徑上。

在兩人身後跟著羅少校和安龍，以及前來迎接的將官們。

來到接待室的袁元敏坐在上座的沙發上。在其左側坐著羅少校。而對面沙發上坐著秦中將，及其親信賀堅上校。房間裡因爲冷氣太强，讓人覺得非常地冷。但是因爲剛才在户外被太陽曬過的肌膚，吹到冷氣反而覺得很舒服。

屋裡的佣人忙著端茶。佣人退下之後，秦中將問道：

「路上的情形如何?袁先生。」

「我這麼大年紀了，短暫的旅程也會讓我覺得很累呢！」

「感謝您這麼辛苦地跑這一趟。」

秦中將露出笑容。

「全都是爲了祖國著想。即使鞭打這身老骨頭也要前來。」

「我們瞞著北京的人跑到這裡來，也是爲了祖國著想。大家都是愛國者同志。」

「是啊！」

袁元敏和秦中將對笑，喝著茶。

安龍笑著對羅少校說：

「少校，臺北發生的炸彈示威事件。在支持李登輝總統的集會場有炸彈爆炸，出現了百餘人的死傷者，這到底是誰做的呢？」

「這我可不知道。可能是一部分反對臺灣獨立的過激派分子做的吧!也許是你們的工作者潛入做的也說不定呢？」

羅少校笑著，推起太陽眼鏡。

「別開玩笑的。軍統掌握超一流的情報機構，說不知道犯人是誰，我可不相信呢！不過，畢竟臺灣還是有一些愛國人士。」

秦中將聽到安龍這麼說，繼續說道：

「我認爲啊！這可能是袁先生的指示引發的事件。」

「我没有做出指示，我是和平主義者。盡可能地希望任何事情都能穩健地進行。可能是一些血氣方剛的人，對於現狀感覺不滿吧？」

袁元敏笑看著坐在旁邊的羅少校。羅少校並没有回答。喝過茶之後說道。

「没有時間了，我們趕緊進入主題吧！」

秦中將點點頭。

「好的，袁先生。先說明我們的立場。我們絕對不承認臺灣獨立，如果臺灣有獨立志向的話，就好像我們以軍事壓制南沙和東沙一樣，我們也決定以軍事力壓制臺灣本島。如此一來，臺灣就會在我軍的攻擊之下化爲焦土。你們也知道我們有核子彈，還有命中精度極高的飛彈。」

「如果獨立的話，你們要使用核子武器嗎？」

「當然不希望這麼做。但是，進行核武攻擊也是一種選擇的方法。例如，臺灣在外國勢力進行軍事占領的事態發生時，我們當然就會動用核子武器。」

「的確如此。」

「我們爲了避免這種事態，因此想和袁先生談談。你覺得如何呢？是否應該停止這種使中國分裂的對決呢？」

「我也這麼想。」

秦中將探出身子說道。

「這裡有一個提議，要不要進行國共合作？」

「國共合作？」

袁元敏瞬間瞇起了眼睛。

「是的。第四次國共合作。」

所謂國共合作，就是終止國民黨與中國共産黨的對立，互助合作的意思。

到目前爲止，國共合作進行了兩次。第一次國共合作是在一九二四年一月到二七年七月爲止的國民革命時代。第二次國共合作則是三七年九月到四五年八月爲止的抗日戰爭時代。但是，因爲國共之間的利害對立的激烈化，而使合作瓦解。

第三次國共合作的提議，是在一九八一年九月全人代委員長葉劍英提出的。關於祖國統一後臺灣的處理方式，想要將臺灣劃分爲特別行政區，承認高度的自治權，擁有獨自的軍隊。也就是說，中國在實質上承認現在臺灣的體制與存在。

臺灣方面對於第三次國共合作並没有做出正式的回應。在八九年推出北京與臺灣兩個存在對等政權的一國二府的構想加以對抗。

對於這種說法，鄧小平則是採用一國兩制的理論，也就是必須在以一個中國政府爲前提的情況下，才能承認臺灣的資本主義體制。

繼第三次國共合作之後，這是第四次國共合作的提議。

「支配臺灣的國民黨和支配整個中國的中國共產黨，捨棄以往的偏見進行真正的和解。藉著國共合作，實現真正的統一中國、民族和解政府吧！」

「這是不可能的。別談什麼國共合作了，國民黨不可能屈服於共產黨之下。這不是歷史的和解，而是國民黨投降於共產黨的軍門。」

「不是如此的。臺灣可以維持現狀，體制也沒有什麼改變。臺灣和中國共創中華人民聯邦共和國。」

「中國人民聯邦共和國？」

袁元敏以疑惑的表情說著。

「臺灣按照以往的方式營運政治和經濟。在政治上與中國統一，然後要花許多的時間慢慢進行軍事的統一。希望國民黨的代表如袁先生等人能夠參加北京政府。以北京政府爲聯邦政府，是代表整個中國的政府。臺灣成爲自治政府，擁有權力，也就是內政、立法、警察權，但不具有外交權或國防權。雖然承認軍備，但是必須要暫時和解放軍合流。臺灣政府要成爲聯邦政府的一員，並展現行動。但是，逃到臺灣的中國人可以歸國，也可以保障國民黨關係者的政治權力。國民黨也可以回到大陸，進行政治活動。也就是說，成爲聯邦以後，實質上實現中國的統一。你覺得如何呢？」

袁元敏什麼也沒說，雙臂交叉地思考著。

「但是，還是有條件的。也就是說，要藉著袁先生的力量，制止臺灣從中國分離獨立出來。」

袁元敏默默地交叉著手臂，看著天空。秦中將看著袁的表情。袁似乎認爲自己並沒有這個力量，臉上的表情充滿苦澀。

「很困難。不可能辦得到。」

「但是，我們可以幫助你啊！」

「如何幫助我呢？」

「在臺灣全境掀起大規模的暴動，或者是發動軍事政變。在臺灣建立以袁先生爲首腦的國民黨臨時革命政府。然後，再提出我之前所說的第四次國共合作的建議，而我國立刻表示贊同。推出中華人民聯邦共和國的構想，整合所有的臺灣國民。」

「原來如此。但是，也許會有一些主張獨立的人表示反抗呢！」

「如果無論如何都無法壓制的話，則在臨時政府的呼籲下，由我們解放軍軍事介入臺灣。」

袁元敏大聲笑道：

「對我國一旦進行軍事鎮壓，那麼先前的聯邦共和國的構想不就被推翻了嗎？」

袁元敏鬆開交疊的手臂。秦中將表情嚴肅地說道：

「你不相信我們嗎？」

「秦中將，真是抱歉。政治經常都是從背叛中成立的，我真的無法相信你。這是很可悲的事情。事實上，以往我們曾被共產主義者背叛過好幾次。所以我絕對不會相信共產主義者的花言巧語。」

秦中將看著賀堅上校。

「袁老先生，你把我們看成共產主義者嗎？」

「我認爲秦中將和賀上校都是這樣的人。難道你們不是共產黨員嗎？」

「我們的確是中國共產黨員。」

「是吧！」

「但是我們不是共產主義者。」

「哦！那是什麼呢？難道是自由主義者嗎？」

袁元敏嗤之以鼻。秦中將表情嚴肅地說道：

「我們是中國民族主義者。對我們而言，毛澤東思想只不過是過去的遺物。馬列主義思想也已經是老舊的想法了。這種想法沒有辦法讓人民吃飽。我們所需要的是適合現代中國的民族主義思想。列寧主義或毛澤東思想是讓人民武裝、產生暴動的思想。但是，並不是創造理想國家、理想社會或者是加以維持、支配的思想。我們現在要注意到的就是孫文先生所提倡的三民主義。是讓三民主義發展的現代民族主義。」

「真這麼想嗎？」

袁元敏半信半疑地看著秦中將。秦中將用力地點頭說道：

「中國共產黨經過半世紀，內部產生很大的變化。老一代的黨員姑且不談，現在年輕一代的黨員幾乎沒有人相信毛澤東思想了。在每一個人的心中，都瞭解到毛澤東所提倡的思想傷害了許多的人民。雖然大家嘴巴裡都不說，但是對於毛澤東思想或者是馬列主義感到非常地厭煩了。」

「真是一大諷刺啊！」

袁元敏笑了起來。

「爲什麼呢？」

「和國民黨完全一樣。」

「什麼一樣啊？」

「雖說尊敬孫文先生，但是國民黨黨員對於孫文先生所創導的三民主義卻不表關心。國民黨現在可以說是只依賴臺灣的地方政黨，不再像以往一樣擁有要反攻大陸或是解放大陸等氣宇宏大的革命戰略。墮落，真的非常地墮落！和共產黨發生同樣的情形。」

袁元敏用力搖搖頭。

「我認爲不是墮落，而是時代改變，當然思想也會改變。思想和意識型態都會隨著時代而改變，最後只剩下真實。」

「哦！這麼說你們不是共產主義者，只不過是使用共產黨之名囉！」

「我想說的就是我們不是以往所謂的共產主義者。我們並不是完全否定毛澤東思想或是馬列主義。毛澤東思想和馬列主義也有它好的一面，我們想要承襲好的方面，貫徹民族主義。」

「聽起來好像是機會主義嘛！」

「這是不是就是俗諺說的：舊皮袋裡裝新酒啊？」

秦中將笑了起來。

「說的真好。袁先生不也是中國人嗎？這時，應該要超越思想和意識型態的不同，捨棄過去的一切。基於同是中國人的立場，爲了大中國的復活與發展而互助合作。爲了十二億的人民著想，希望你能幫忙。」

袁元敏閉上眼睛。

秦中將耐心地等著袁老人開口。袁元敏終於瞪大了眼睛說道：

「我瞭解你的想法了。我贊成第四次國共合作，但是有什麼保障呢？」

「你說的保障是什麼？」

「國共合作的提議是你們政府先提出的。如果不向國際公開發表國共合作的話，我們會認爲這只是一種密約，起不了作用。」

「我知道了。我們會先提出中華人民聯邦共和國的構想。你們只要呼應我們的行動就可以了。」

秦中將站起來伸出手來。袁元敏慢慢地站起來，握住秦中將的手。袁的手並不像老人的手，強而有力。

3

廣州・廣東軍參謀部作戰會議室　七月十五日　下午三時

待在作戰會議室的第四二軍參謀們，全都到齊了。先前，劉小新就受到來自參謀將校們的總攻擊。與其是重要的臺灣解放作戰，還不如說是對於救國將校團的批評與責難。劉就好像是救國將校團的代表，因此受到集中攻擊。

這就好像團體一起進行人民審判似的！

劉正面對著廣東軍參謀長白治國少將。白參謀長若無其事地手臂交疊，聽著部下對於軍中央的批評。

狡詐的老狐狸！雖然知道一切，卻什麼也不說，任憑部下們爲所欲爲。

劉在心中謾罵白參謀長。這可能是他們一開始就安排好的一齣戲！

也可以說是廣東軍不承認軍中央的權威和領導的一種示威行動。

「……黨中央承認民族統一救國將校團，到底有什麼法律的根據呢？救國將校團創造軍内軍、黨内黨，進行分派活動，分裂軍及黨，不就是使得軍和黨的權威及領導力喪失的反革命團體嗎？趁著鄧小平同志死後的混亂局面，就好像是想要奪取軍中央、黨中央權力的强盜匪類一樣。爲什麼我們廣東軍必須遵從被反黨反革命團體趁機奪取的軍中央的命令呢？我想問劉中校同志，對於這一點你怎麼回答？」

批評救國將校團的急先鋒，仍然是第五十五師團參謀長孫上校。

孫光賢上校。

根據總政治部的秘密人事檔案，記載他是南京軍事學院、國防大學首席畢業的俊才。孫光賢成爲反救國將校團的理由之一，就是因爲賀堅上校的關係。賀堅上校與他是軍事學院的同期生，畢業時雖然得到第二名，但在就讀國防大學的時候卻比孫光賢早一期入學。因爲賀堅上校是人民解放軍長老賀龍將軍的兒子，是太子黨，能夠發揮有利的作用。

和孫原來是出生於廣東省的貧農，無論在黨中央或軍中央都没有任何的背景。而孫在學業方面非常地努力，得到上級幹部承認其實力。孫晚了一期，在國防大學得到第一名畢業，希望將來能夠被軍中央錄用。

但是，在夢想達成之前，賀堅上校所屬的救國將校團掌握軍中央，成功地掌握了黨中央的權力，孫只好委身於反救國將校團。

「劉中校同志，你以爲如何呢？」

議長白少將睜大眼睛回瞪劉。

「雖然我是民族統一將校團的一員，但是我不是他們的代辯者。不過，就我個人的見解，我要提出反駁的理論。對於你們責難救國將校團爲創造黨內黨、軍內軍的分派，我認爲是一種誤解。救國將校團繼承已故的鄧小平同志的遺志，是維持真正中華民族主義的民族革命派。現在在中國各地出現了分離主義者和地方主義者，可以說就好像在分裂前夕一樣。在面對這個現實時，我們想要幫助完全失去領導力的黨領導部，希望能夠恢復黨中央的權威和領導力，因此才決定創設這個團體。

所以，你們也知道，包括黨總書記江澤民在內的黨中央及國務院的人事沒有任何的異動。有的只不過是政治局和中央軍委員會的人事方面有一些異動，錄用一些年輕的人材而已。救國將校團的成員只有秦平中將進入中央軍事委員會，擔任秘書長一職。而這也是接受江澤民中央軍事委員長的指示，並不是救國將校團自己的希望。

如果說這就是街頭巷尾謠傳的政變的話，那麼我們救國將校團早就應該打倒黨中央，掌握軍黨國務院的權力了。軍黨內當然多多少少會有一些分歧的意見，這些人鼓動公安警察以及一部分私人化的人民解放軍部隊，想要以武力鎮壓我們救國將校團。因此，救國將校團不得不與他們對抗，指揮一部分的部隊行動。這只是保護黨中央的措施，絶對不是奪取權力。雖然CNN等一部分大衆傳播媒體報導稱此爲政變，但是這只不過是防衛的手段而已。

包括黨總書記江澤民在內，黨中央和中央軍事委員會與我們並沒有對立，意見一直一致。中央軍事委員會的方針就是黨中央的方針。對於中央軍事委員會的決定或命令感到懷疑，是絶不能夠原諒的犯罪行爲。

我反而想要請教你們，按照孫上校同志的說法，廣東軍是否不服從黨中央的命令呢？」

劉果敢地向孫上校提出反駁的理論，向他挑戰。孫上校瞇起眼睛瞪著劉。

「雖然你說不是政變，但是從旁人的眼中看來，事實上就是政變。現在黨中央只不過是一個傀儡政權而已。你們救國將校團在背後操縱政治局及中央軍事委員會，我們早就看穿這一點了。即使不是黨挑選的人也能擔任要職，這就是一種以下剋上的作法。是反革命的下剋上。

不贊成救國將校團方針的人，爲什麼會從總參謀部、總政治部、總後勤部中被排除呢？我就是其中的一人，與你們意見不同的同志全都調去執行地方勤務，這是否就是中國將校團進行的整肅運動呢？

我們廣東軍認爲，現在指使我們的命令，並不是來自真正黨中央的命令，因此感到懷疑。」

「我也要發言。」

坐在白少將旁邊的廣東軍副參謀長王捷准將，臉上露出溫和的笑容開口說道。

「劉參謀同志。同志對於我們第四二軍有什麼想法呢？」

「哪一方面？」

「第四二軍也就是我們廣東軍，擔任華南防衛中樞的任務，被指定爲拳頭部隊。但是，可笑的是我們廣東軍沒有機甲師團，其他的拳頭部隊全都有機甲師團，爲什麼只有我們廣東軍沒有呢？配屬於各師團的戰車數目也很少，而且都是一些舊式的戰車，這是怎麼回事呢？」

「這個嘛……」

劉無言以對。在總參謀部作戰課，劉曾經討論過變則配備的問題。當時總參謀長的回答是距離中央較遠的廣東，地方主義和分離主義根深蒂固，因此故意不配給他們機甲師團。

「同志，我想你們應該知道答案是什麼。福建軍也是同樣的情形。福建軍是與臺灣軍對峙的第一部隊，參謀部也將其置於準拳頭部隊的地位。但是，福建軍也沒有機甲師團。裝備與北京軍管區第三八軍等相比的話，是老了一、兩代的舊式武器。北京那些人害怕廣東軍和福建軍反抗中央，因此故意不讓我們配備現代化裝備。反而以駐守北京的親衛部隊爲最優先考量，給他們現代化的裝備。是不是如此啊？」

「老實說，上面的人的確這麼想。」

「嗯，你還真是老實！」

參謀們開始笑了起來。

「但是，對不起，我認爲會懷疑廣東軍，這也是無可奈何之事。」

「哦！爲什麼呢？」

「趁著改革開放經濟的時機，廣東軍的軍當局本身拼命賺錢，秘密從外國買入現代化的武器。不只如此，廣東軍本身私通了在深圳經濟特區、珠海經濟特區、廣州市等經濟特區等經濟開發地區繳納的稅金，只拿出一半給中央政府。這種無視中央的態度，是不是讓人認爲是一種反中央的地方主義呢？而省政府本身也有根本對於中央政府的吩咐充耳不聞的態度出現。」

「你舉個例子。」

「雖然鄧小平同志請葉選平同志到北京去，但是他卻不願意去。從北京方面看來，廣東省似乎較偏向海外人士一般。」

王准將和白參謀長等人面面相對，大笑了起來。

「這就好像是在討論先有雞還是先有蛋嘛！」

「這是什麼意思啊？」

「我承認你的說法。廣東軍的確將賺來的錢拿來餵飽士兵和將校。但是，這也是使用軍隊的組織與使用運輸手段，援助改革開放經濟的報酬。因爲我國的運輸手段和通信手段比外國更落後。如已故鄧小平同志所提倡的，軍隊方面也應該全面進行改革開放經濟。廣東軍必須要進行支援，合併企業或鄉鎮企業的任務。不像北京軍管區或濟南軍管區等軍隊，只要執行軍隊的任務就可以了。

關於購買武器方面，那是因爲北京中央不供給我們現代化武器，沒有辦法才這麼做的。即使向總後勤部要求裝備，他們也說沒有預算。即使有預算，也是優先考慮其他的部隊。我們只好自求多福了。雖然希望中央買裝備，但是中央卻不答應，我們廣東軍只好利用一些微薄的利益，購買一些需要的武器和補給品。這不能算是違背北京中央的意願吧！」

王淮將又開始批評北京。

「我瞭解了。關於你的不滿，我在回到北京後會向上級報告，提議强化廣東軍。但是，我來這裡並不是來聽你們大家對於中央的不滿或批評的。我是來商討臺灣解放作戰的計劃。」

這時第一三一師團參謀長姚克强上校要求發言，並且看著劉。

根據總政治部的秘密人事檔案，姚克强上校在幾年前拒絕出任成都軍管區西藏自治區司令官的任務，一直待在廣東軍中，因此晉升較慢。在他背後有葉一族支持，而軍中央也頗爲忌憚，因此並沒有强行頒佈人事異動命令。

「劉參謀同志，大致上我贊成臺灣解放作戰計劃。」

劉在内心裡鬆了一口氣。離開北京時，就曾聽過姚上校是最難纏的人物。

「我認爲現在中國海軍和空軍的實力，想要控制臺灣海空軍是很困難的。當然，以海空人海戰術的方式的話，用舊式武器想要凌駕於對方之上是可能的。但是，必須要付出莫大的犧牲。身爲參謀絶對不忍將兵進入死地。因此，要進行臺灣封鎖，進行兵糧戰，得到臺灣自毀到某種程度時再展開作戰，才是正確的作法。但是，問題在於第二階段的登陸作戰。」

劉當然覺悟到他們一定會提出這個問題。在第二個階段，以臺灣本島内臨時革命政府的要求，登陸部隊必須强行登陸臺灣，但是廣東軍必須要率先成爲作戰要綱。

「這些作戰要綱是南北同時進行登陸作戰。南和北到底誰爲主攻？誰爲助攻呢？」

「南爲主攻。敵人一定會將主力配置在臺北市所在的北部。而我軍在北方施加壓力，封鎖敵人主力的行動。趁這個時候登陸部隊從南部海岸登陸，朝北挺進攻擊臺灣的中央部，從背後攻擊在臺北防衛的敵人的主力。同時，我軍果敢進行北部登陸作戰，擊退敵人。」

「南部登陸地點的選定交由我軍來辦，但是你知道臺灣南部比北部的要塞化更爲鞏固嗎？如此一來，如何策定作戰方法呢？」

「我知道。藉由情報部的情報及利用人造衛星的偵察情報，我瞭解這一點。」

「那麼，果敢攻擊敵人的重點配備地區的理由是什麼呢？」

「敵人的配備狀態最大的勢力配置爲北部，其次將攻擊主力部隊配置於南部。中部地區則配備戰略預備軍，以防來自北部或南部的我軍。這就是他們的戰略配置。如果攻擊只有戰略預備軍的中部的話，也許在登陸作戰方面比起從南部或北部登陸更容易吧！但是，也有可能會遭遇敵人的夾擊。因此，可以强襲敵人第二重點地區南部，到時中部的戰略預備力量就會聚集過來，使敵人蒙受極大的損失。等到開始對北部發動真正的攻擊時，敵人没有辦法從南部、中部迅速進行支援，因此，我認爲應該要先進攻南部。」

「也就是說，我們廣東軍先進攻南部，是一種欺敵的作法囉？」

「不是這樣的！」

劉憤慨地站起身來。

「不是嗎?不是要在南部吸引敵人的注意，真正卻是攻擊北部嗎?我是參謀長，這種作戰很好。可是問題是，爲什麼要用裝備脆弱的廣東軍來進行這個任務呢?要切斷敵人的跟腱，需要配備現代化武器的戰力。這麼重要的作戰，應該投入快速反應部隊或是緊急展開軍才對啊！」

「當然，快速反應部隊第十五空挺軍數個旅團在南部登陸作戰時，會衝向敵人的背後。而快速反應部隊第一六二自動車化師團擔任戰略預備軍，參加南部登陸作戰。緊急展開軍的第三十八軍和第三十九軍合計四個師團，負責北部登陸作戰，因此不會繞到南部。」

「這麼說緊急展開軍還留有四個師團的兵力囉！」

「第三十八、三十九軍是執行首都北京防衛特殊任務的部隊，當然不可能全部投入臺灣攻略戰中。因此，南部登陸作戰會投入來自福建軍及南京軍管區的支援部隊。」

「先前已經說過，我們廣東軍沒有機甲師團。爲什麼要把廣東軍當成登陸作戰的主力呢?」

「你聽我說。在進攻臺灣方面，需要集結廣大的兵力。而如果繞遠路派遣北京軍管區或瀋陽軍管區的軍隊前去的話，似乎是脫離軍事常識的作法。要進攻臺灣，當然是對岸的福建軍和比較近的廣東軍應該負責這個任務。雖然沒有使用北京軍管區或濟南軍管區的軍隊，但是他們還是會投入臺灣北部攻略戰的戰爭中。我瞭解你對於戰車師團不足的問題感到不滿，因此，南部登陸作戰考慮讓濟南軍區的第五十四機甲師團前來配合。」

「這麼說，不需要廣東軍，一開始就使用濟南軍進行南部登陸作戰不就好了嗎？」

「濟南軍必須要負責戰略預備的工作。」

「爲什麼要負責戰略預備的工作呢？」

「中原一帶地區需要隨時可以行動的部隊。萬一，西域或者是華北、東北、華南等發動紊亂中國統一的暴動時，就可以由這些軍隊進行戰略預備戰。」

劉看著正面的議長白少將說著。第一七九師團參謀長遲勃興上校笑道：

「也就是說，擔心我們廣東軍的行動嘛！」

劉沉默不語。事實的確是如此。白少將鬆開了手，嘆了一口氣說道：

「今天的會議到此爲止。怎麼樣，劉參謀同志，是否對你有幫助呢？」

「瞭解這邊的氣氛，的確可供參考。」

「你已經大致瞭解我們的心情了吧！我們要求重新擬定解放臺灣作戰計劃。同志回到北京以後，希望把我們的意向傳達給總參謀部的作戰參謀幕僚們瞭解，希望能夠策定新的作戰計劃。」

劉認爲不能夠就這樣回去。自己來到此地，就是希望廣東軍能夠參加作戰計劃。不完成任務他絕不罷休。

「少將，你說要重新擬定作戰計劃，也就是說，如果維持這個作戰計劃作戰的話，廣東就不會服從黨中央的命令嗎？」

「在現階段，我們只能給你這個回答。我們廣東軍希望擁有現代化的武器，希望擁有戰車師團。如果沒有師團的話，戰車旅團也可以。如果還是不行的話，那麼我軍在廣東省政府的領導之下，希望中央能夠允許我們自己增强軍備。辦不到的話，我們不可能派遣士兵參加臺灣解放作戰。我們在該作戰的時候會作戰，但是絕對不會讓廣東軍付出莫大的犧牲來作戰。」

白參謀長看著參加會議的人，大家臉上的表情都表示毫無異議。

劉發現廣東軍的參謀幕僚們，自白參謀長以下全都非常團結。

會議結束了，參謀們全都站了起來，向白參謀長行舉手禮。白少將也向他們回禮。劉也站起來向白少將敬禮。走出會議室的參謀們，沒有人和劉說話。劉在那兒思考著，不知道該怎麼辦，並且整理文件。必須趕緊和北京取得聯絡。

「劉中校同志。」

劉聽到別人叫自己的名字，嚇了一跳。白少將站在自己的面前。白將軍拍著劉的肩膀。

「你是廣東人吧？」

「是的。」

劉很緊張地回答。

「你的父親是海軍參謀長劉大江海軍少將。」

「是的。」

「看到你，發現和你年輕時的父親長得一模一樣。我感到很驚訝。」

「你認識我的父親嗎？」

「當然認識囉！我和你的父親從軍事學院時代就認識了，是好朋友。現在這份友情依然沒消失。我留在陸軍，但是他卻奉命調往海軍。以前他就很喜歡車子和機械，上方瞭解他的才能。而你的祖父是八路軍連隊長劉達峰上校。」

白將軍好像懷念似地嘆了一口氣。

「你知道我的祖父嗎？」

「嗯。劉達峰上校曾在南京軍事學院教過我。關於抗日戰爭時代的八路軍作戰，他告訴了我們許多事實。是我所尊敬的前輩之一。」

「謝謝。」

「你們一家人都是有才能的人。」

劉沉默不語，不知道該怎麼回答。

「不管做什麼，在任何範圍都能發揮你們的才能。從商也好，一定能得到成功。像香港的實業家劉重遠先生，就是你的叔父吧！」

「你知道的很詳細嘛！」

劉無法瞭解白將軍真正的心意，感到非常地懷疑。重遠叔父在文革時代逃到香港，在那兒取得市民權，現在已經成功了，在香港擁有許多的資產。重遠叔父在中國推進改革開放經濟以後，他曾在廣州見過叔父。見到叔父的兒子，也就是堂弟劉進在北京大學念書，和劉進的關係也很親密。

到底白將軍想說什麼呢？

「你只有一個叔父吧？」

劉思索著。從父親聽說在臺灣還有劉家的親戚，聽說是和大江、重遠兄弟同父異母的弟弟。祖父在抗日戰爭時代與別的女子生下的孩子，而這位女子一家人逃到臺灣。後來就音訊全無了。

「也許還有吧！」

「在臺灣國府軍的准將劉仲明是已經退役的實業家。現在又重新擔任軍職，在國府軍的參謀本部工作。」

「劉仲明准將？」

劉思索著自己的記憶。好像聽父親說過。但是，不確定名字是否叫做劉仲明。

「是你的叔父嗎？」

「我不知道。是敵方的人，我一次也沒有見過他。」

「是嗎？嗯，也許吧！」

白將軍意味深長地說著，獨自點了點頭。

「到底劉仲明准將怎麼了？」

「聽說他是聲望頗高的人物，已經請情報部調查了，是一位很有頭腦的人。如果知道他是一位懂得用戰略、戰術的人，我們就可以先做好心理準備了。爲了瞭解敵人，首先要知道對方是何種人物，這是戰場的常識。希望你調查一下劉仲明准將，他是臺灣軍當中最值得警戒的作戰參謀。」

白將軍笑著，以緩慢的步伐走出會議室。

秘書官胡中尉跟在其身後，抱著文件隨行。關上出口的門時，胡中尉向劉微笑。

4

上海　七月十五日　下午六時

一直聽到焊鐵的聲音。一整天在汽車解體工廠中充滿噪音。最初聽起來覺得很吵雜的聲音，最近已經習慣了。在中午休息時間機械的聲音停止，太安靜了反而感覺會不安。

下班的鈴聲響起，終於停止作業。震耳欲聾的馬達聲和引擎聲都停止了。弓放下工作的手，擦拭額頭上的汗水。

弓想這不是開玩笑吧？

我不是來汽車解體工廠工作的，但是不知道從什麼時候開始就在這裡工作了。開始時覺得很無聊，認爲要等到于正剛出現還有一段時間，因此請求廠長趙忠誠讓她幫忙解體作業和拼裝作業。現在就好像實習生似地在這裡工作。

剛開始不習慣這種勞力工作，感到很驚訝。但是，員工們親切地指導她，漸漸地習慣這些作業了。

在工作期間逐漸瞭解車子的構造，而且能夠分辨哪些零件可以使用，而哪些零件不能使用了。

工廠裡的女性員工比較少，因此弓和小蘭很受員工的歡迎，很多人喜歡跟她們開玩笑。因為與其什麼也不做，無所事事地度過一天，還不如和大伙說說笑笑更快樂呢！而且能夠賺取一些錢，就當成是打工好了。

勝和劉進先前看著剛做這些作業的弓和小蘭覺得很奇怪，但是有空時會兩個人一起幫忙。現在勝和劉特別使用中古零件，正在組裝一輛車子，和其他的勞工一起鑽進車下。

但是，重要的于正剛現在一直沒有出現。聽趙廠長說，他也是單方面地接受組織的通知，因此也不知道于正剛現在人在哪裡。

終於見到小蘭，但小蘭不但不離開于正剛組織，反而積極地想要把劉進和我拉到組織裡面去。

只有哥哥勝認為「于正剛總會出現的」，一點也不焦急，仍然悠哉悠哉地和汽車解體工廠的員工們一起擲骰子、鬥蟋蟀，還賺到了一些錢。

和小蘭在一起的那些大學朋友們，曾經出現在工廠，但是後來又不知道潛藏在哪一個秘密的工作站，就沒有再見到他們了。

員工們停止作業，在盥洗室和洗車廠的水場清洗手腳和身體，準備回去了。弓拍拍作業服的灰塵，在盥洗室洗手、洗臉，來到工廠二樓的辦公室。

希望趕緊脱掉被汗水打濕的工作服。小蘭從辦公室的窗户探出頭來，做出要她趕緊上來的動作。

在辦公室中，小蘭表情嚴肅地等待著。先前上來的勝和劉進也以嚴肅的表情正和趙廠長談話著。

「有什麼事嗎？」

弓問小蘭。

「指令發出了。」

「什麼指令？」

「革命啊！不只是上海，全國主要都市的同志們，已經決定了一起進行反政府活動的時間。」

「妳説什麼！」

「不久于正剛會來此説明。」

「從瀋陽回來了嗎？」

「是啊！不久就要開會了。」

漸漸地在辦公室出現一些陌生男子，他們和趙廠長握手，進入會議室。一些熟悉的員工們，穿著整齊的服裝站在會議室的入口前，他們手上都拿著槍。

在工廠入口的方向聽到了車子的引擎聲。一輛大型的卡車開入工廠裡停下來。有幾人從駕駛座和後方跳下車，工廠大門同時關了起來。小蘭從辦公室窗户俯看下面的作業場，對弓和劉進耳語說道：

「來了！」

「哦！主角出現了嗎？」

勝玩著手上的扳手，好像在耍弄手槍似的。一位認識的員工靜靜地走近勝。伸出手來，要勝把扳手交給他。勝聳聳肩把扳手交給員工。

「對不起，這是我的工作。」

員工笑著向勝道歉。員工突然搖身一變爲保鑣。

終於聽到腳步聲爬上鐵製的樓梯，在入口處出現了持槍的男子。他們看著弓和勝，趙廠長說明他們不是可疑的人。

在他們的背後，有一位穿著白色麻製西裝的精幹男子出現了。戴著太陽眼鏡，所以看不清楚他的表情。在那位男子的背後緊跟著一位彪形大漢。

「這位是于上校。真高興你平安無事！」

趙廠長笑著和于握手，並互相擁抱。于正剛立刻認出小蘭，和小蘭握手。小蘭趕緊依序介紹勝、劉進、弓。

「你是劉進嗎？我曾在你們家見過你呢！受到你的父親許多的照顧。」

于正剛凝視著劉。于拿下太陽眼鏡，表現出溫柔的目光。

「我經常從父親那兒聽說于先生的事。」

「哦！是一些不好的傳聞吧！說我是一位不值得信賴的人吧！」

「是的。……不。沒這回事。」

劉點點頭，又慌忙地搖搖頭。

「没關係，傳言有一半以上都是真的。我會做一些違法的事情，做一些反社會活動。包括殺人在內。」

于正剛神情自若，臉上露出自嘲的笑容。弓覺得他和劉進那兒聽來的印象完全不同，感到有些意外。終於能夠瞭解到小蘭爲什麼要拼命地爲于正剛辯護了。

以歲數來看，大約是四十五歲左右。可是，弓想如果他年輕一點的話，也許是適合我的一型。小蘭看于的眼中充滿光輝。那是連小蘭自己都没有察覺到的一種愛慕眼神。

小蘭已經有了劉進這個戀人，因此小蘭一定會感到很困惑。但是，如果拿于正剛和劉進來比較的話，劉進只是比較年輕、英俊，但是就男人的魅力而言，他還不成熟呢！

當然，于正剛具有成熟的男子魅力。于正剛充滿著一種神秘感，讓人覺得他可以保護自己。看來，我對男人的喜好和小蘭一致嘛！如果我也遇到于正剛這種領導者，我一定會相信他、跟隨他。

「弓，妳怎麼啦？」

小蘭的聲音讓自己覺得是否是對於于正剛的想法被識破了，弓嚇了一跳，面紅耳赤。

「什麼事？」

「到裡面去吧！要開會了。」

「可是這是秘密會議耶！我不是你們的成員。」

「沒關係。就把你們當成是我們的同志好了。多一個同志總是比較好的。如果要說一些秘密的事情，到時候你們再出來好了。」

于正剛笑著說道。

勝和劉已經進入會議室了。于正剛推開入口的門，等待小蘭和弓進入。弓跟著小蘭一起走進會議室。

已經有十幾名男子坐在桌前，在那兒竊竊私語著。弓坐在勝和劉進旁邊的椅子上，好像隱藏在兩人身後似的。

于正剛坐在中央的位置，他旁邊坐著趙廠長。弓、勝和劉進被介紹給所有的人認識。成員們看了弓等人一眼，沒有任何的異議。

「各位同志，到昨天爲止我拼命奔波，來回遼寧、河北，和各地的同志做最後的商討。同時，其他的同志也分別與成都、新疆、維吾爾自治區、西藏自治區、蘭州、四川、廣西壯族自治區、寧夏回族自治區、內蒙古自治區等的同志取得聯絡。集結了個人的立場和意見，締結同盟。」

說到此處，于正剛看看周圍的人。會議室非常地安靜，全部的人都屏氣凝神地聽他說話。

「各地的同志基於各種理由，大部分都還沒有做好揭竿暴動的準備。半途而廢的暴動可能會遭到鎮壓，但是現在已經無法回頭了。因爲農村的疲弊非常嚴重，國營企業倒閉，造成都市的勞工也非常地貧窮，失業流民的數目達到數億人口。另外一方面，大家也知道上海的情形，富有的人夜夜笙歌，通宵達旦。現在可以說是各地獨立的機會了。

各地的同志非常注意廣東的動態。如果廣東軍打起反中央的旗幟，就會與其呼應。遼寧會舉兵，蘭州、四川、新疆維吾爾地區也會決定暴動。

因爲如果只有一處發生叛亂或暴動，北京一定會加以敉平。但是，如果同時多處發生暴動，事態紊亂的話，北京就無法處理。尤其北京已經派大軍到臺灣，現在可以說是政府無法應付各地方暴動的絕佳時機。毛澤東也曾經說過造反有理。現在天下已經充滿了造反有理之聲。

賢明的革命家也說戰爭轉化爲內亂。戰爭轉化爲內亂，引起內戰，才能夠建設一個真正爲人民著想，由人民自己建立的國家。

北京政府現在繼東沙、南沙之後，高唱中華民族主義，打算進行臺灣本島攻略戰爭。當戰爭開始時，是千載難逢的好機會。到時候在全國各地，我們的同志會蜂擁而起，分裂全土，將戰爭轉化爲內亂、內戰。創造現代的戰國時代。創造春秋戰國時代。使中國分裂在各地，由自己之手創造自己的國家。除此之外，我們沒有活路。」

于正剛滔滔不絕地說著。弓一陣愕然，聽著他的演說。

要將中國引導至內戰、內亂的場面，使其分裂嗎?這種壯大、氣宇非凡的構想，令弓非常震驚。

5

東京·總統官邸·首相辦公室　七月十六日　上午十時三十分

濱崎首相坐在扶手椅上，傾聽內閣安全保障室長向井原的説明。而內閣官房長官北山誠則在旁邊不停地記錄，並點頭。

「機構名稱是N機構。N是日本的N，取NSA（國家安全保障局）的開頭字母。」

「好吧！就這麼辦吧！」

濱崎點點頭。向井原室長繼續説道：

「事實上，N機構的構想以前就有了。以自衛隊的統幕二部（情報）爲主，想要建立一個陸海空統一的情報機構，因此研究這種組織的創立。同時，得到內調（內閣調查室）以及警察廳公安部、外務省情報局等的協助，創設N機構，當成內閣安全保障室的另一個單位。」

「嗯，可以。」

「這是N機構主要成員的名單以及人物檔案。」

向井原室長將非常秘密的資料擺在濱崎首相的面前。濱崎打開資料，看著這些人物名簿。

「我認爲要創設日本版的CIA，取得外國的秘密情報，希望它是能夠進行一些非合法活動的機構。在這一點上你覺得如何呢？」

「N機構的表面組織是情報機構，非合法部門主要是採用陸幕二部別班的工作員進行活動。但是，還是會小心謹慎，在外地雇用非合法人員。」

「有內閣機密費。組織雖然小，但是卻可以創設一個如以色列情報局等優秀的諜報機構。」

「但是，雖然很難啓齒，不過萬一當濱崎首相的時代結束以後，機構未來的前途會如何呢？」

向井原室長看著濱崎首相。

「不用擔心。基地已經決定把它當成內閣安全保障室的另一個機構來設立N機構。所以也就是說，於公方面已經承認其存在。即使我的內閣結束，但是N機構還是會一直存在下去的，不要緊。」

「謝謝。如果像以前的自衛隊一樣，躲在陰影中，對在N機構工作的愛國者而言，的確是很可憐的事。」

向井原室長以安心的表情點點頭。

「那麼，趕緊進行吧！對了，關於中國工作方面做好了準備嗎？」

「當然做好了。事實上，N機構主要就是著眼於對中工作而創設的。在室内已經創設中國班，開始進行情報分析，同時也決定派遣工作人員到中國。只要等到總理同意即可進行。」

「好吧！就這麼辦吧！」

濱崎首相點點頭。

「北山，你對於外務、防衛、通產以及内調，必須要指示他們强化對新的保障室另一單位的協助。就說是我的嚴格命令，而且現在開始可以將必要的機密費投入N機構中。任何事的開端都是最重要的，知道嗎？」

「知道了。」

北山停下記錄的手，看著向井原點點頭。

聽到敲門聲。門打開，秘書官探出頭來。

「青木外務大臣想見您。」

「嗯，請他來吧！正好，向井原你也留下來吧！」

濱崎首相站起來命令向井原室長。

打開門，體型修長的青木外相跟著秘書官，快步進入。青木外相向在辦公室內的三人打招呼。

「早安。」

「早。怎麼突然來訪呢？」

「剛剛美國國務院的國務卿吉布森打電話來給我，想要與我們協議中國問題。不久之後，華盛頓就會打熱線電話給總理。」

「熱線嗎？」

濱崎首相點點頭。擔任首相以後，華盛頓打來的熱線已經是第二次了。第一次是在鄧小平死的時候。由於覺得未來的中國發展不透明，因此認爲要緊急進行美日協商。

這次是爲了中國問題嗎？我方當然也有一些想協議的問題存在。

濱崎想起在七國首腦的會議中，曾經見過辛普森總統的溫和表情。

不久之後，辦公室的紅色電話響起。秘書官拿起話筒，交到濱崎總理的手中。濱崎坐在椅子上，耳朵貼著話筒。

『你好嗎？阿茂。』

聽到辛普森總統的聲音。自從首腦會議以後，雙方都以暱稱稱呼對方。

「很好，謝謝。你呢？懷德。」

『托你的福，我很好。不過，阿茂……』

「等等。」

濱崎按下附在電話旁的按鈕。按下按鈕的同時，翻譯會進來。通過線路知道翻譯已經在待命了。

「說吧！懷德。」

『根據我國得到的情報，中國海軍已經開始出動到臺灣海域。尤其，潛水艇已經陸續出港。根據我軍的調查，中國海軍潛水艦隊大約三分二的潛水艇已經朝南海、東海邁進。我想貴國的海上自衛隊應該也已經收到這個情報了吧？』

「不，還沒有。中國的目標是哪裡呢？」

濱崎咬咬嘴唇。雖然說所有的情報並沒有集中在首相處，但是關於危機管理方面必要的重大情報，希望能夠盡早得到。在這一點上，不得不承認自己國家的危機管理能力還是不夠。

『我想，可能不久之後，中國就會對臺灣進行海上封鎖。』

「封鎖臺灣？」

聽到濱崎的話，向井原室長用力點點頭。預測到中國下一步會封鎖臺灣，因此在統幕作戰會議中已經檢討過這個問題了。

『中國海軍封鎖臺灣，則在東海或南海航行的所有國家的船隻，都會受到中國海軍的威脅。中國海軍如果攻擊進出臺灣的船舶的話，那麼美日間應該如何處理呢？我們應該要好好地協議一下。為了牽制中國海軍，我國已經派遣第七艦隊前往臺灣海域。』

「瞭解了。我國的海上自衛隊也會出動到東海。」

『中國海軍對於臺灣進行海上封鎖時，貴國打算怎麼辦呢？』

「還沒有決定。」

『我國認為光靠第七艦隊，沒有辦法防衛南海及東海的海上運輸路線。關於麻六甲海峽以及倫波克海峽附近的海路，雖然已經得到泰國海軍及新加坡海軍、印尼海軍的協助，但是在其東方到日本為止的海上補給線，還是要以貴國的海上自衛隊為防衛主體才行。』

濱崎首相遲疑著。這是很難回答的問題。

自衛隊雖說包含「千海哩防衛」，但只是包括日本領海在內千海哩的海線海域而已。不過，最多也只能警戒從臺灣到菲律賓的呂宋島附近爲止的海域。而在其以南的南海方面，海上自衛隊如果想要延長防線的話，還需要國會的同意。

「我們會召開內閣趕緊檢討。」

『萬一，中國無視於我國或是安理會的警告，開始攻擊臺灣的話，我國會以軍事介入的方式支持臺灣。到時貴國會怎麼做呢？』

「我國會全力說服中國不要攻擊臺灣。但是如果中國攻擊臺灣的話，會進行ODA的終止等一連串經濟制裁。」

『我國也會終止對中國的最惠國待遇，停止一切的經濟協助及援助。問題在於軍事的對應。第七艦隊以軍事介入時，基於美日安保的極東條款，要求自衛隊也要進行軍事的對應。爲了保護極東的安全，貴國必須要發動貴國的軍事力量。光靠我國無法保障極東的安全。』

「我國基於美日安保條約，一定會誠實遵守既定的條款。但是，在第七艦隊已經介入的同時，要自衛隊參戰就憲法而言是很困難的。」

『如果是憲法上的問題我能夠充分瞭解。不過，一旦臺灣陷入中國之手，則南海和東海將會成爲中國的海，應該考慮到將來的問題。爲了保障貴國的安全，我想你應該知道有臺灣在西方的優點吧！』

「我瞭解這一點。因此，現階段我國會配合貴國的步調，在防衛臺灣的主權上發揮最大限度的力量。關於自衛隊的出動方面，也會全力支援第七艦隊的活動。」

『瞭解了。如果臺灣被封鎖的話，我國打算承認臺灣的主權，貴國覺得如何？』

「我没辦法回答你這一點。」

『我國一定會盡力地保護居住在臺灣的美國人的財產、資產及僑民。爲了援助臺灣國民，可能會準備强行突破海上封鎖。貴國到時打算怎麼辦呢？』

「我國雖然會全力保護僑民，但是我們不準備保護其資產。只是在人道援助的範圍内，會空運醫藥品和糧食到臺灣。」

濱崎用手帕擦拭汗水。

『美日間必須立刻協議才行，我想就展開實務者階層的協議吧！你覺得如何呢？』

「瞭解了。」

濱崎做了最後的告别招呼，掛上電話。官房長官北山及青木外相及向井原室長面面相對。北山官房長官對濱崎説道：

「總理，趕緊召開緊急的安全保障會議吧！」

「嗯。召集相關閣僚。也把統幕議長請來吧！」

濱崎跌坐在扶手椅上。

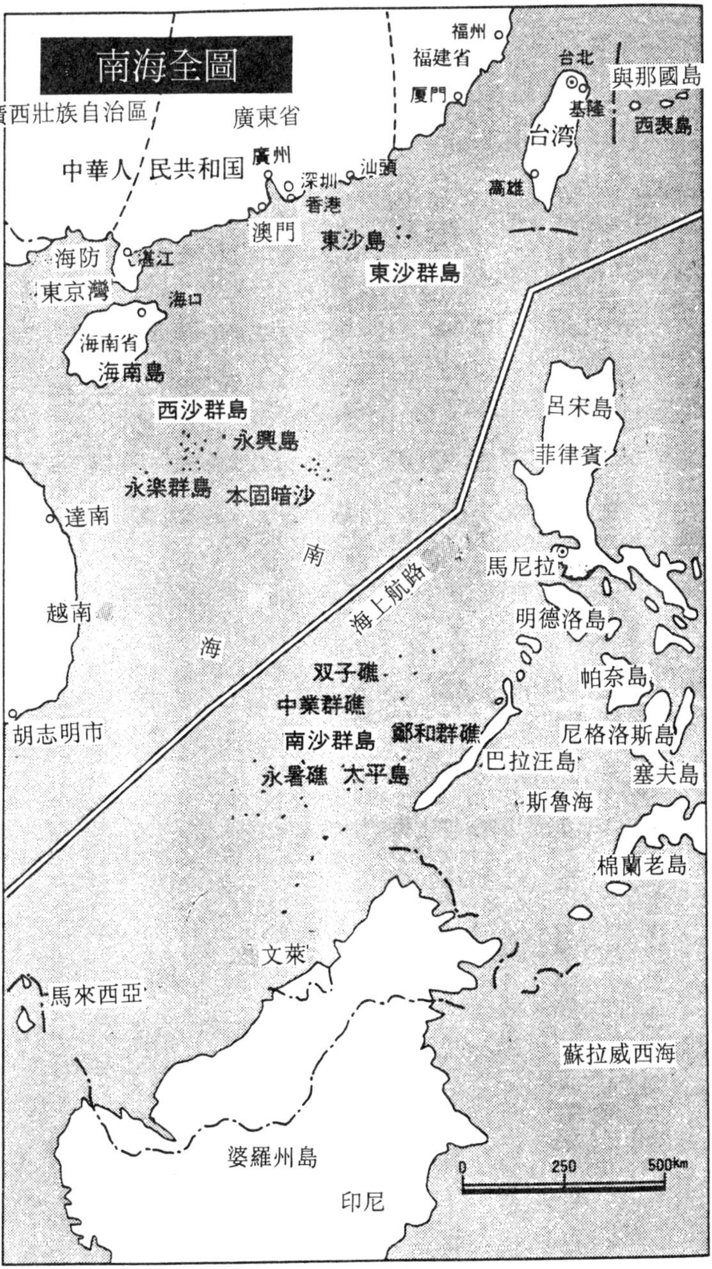
南海全圖
廣西壯族自治區
廣東省
福州
福建省
廈門
台北
基隆
與那國島
西表島
台湾
高雄
中華人民共和国
廣州
深圳
汕頭
香港
澳門
東沙島
東沙群島
海防
湛江
東京灣
海口
海南省
海南島
西沙群島
永興島
永楽群島
本固暗沙
達南
南
海
越南
海上航路
呂宋島
菲律賓
馬尼拉
明德洛島
帕奈島
双子礁
中業群礁
南沙群島
鄭和群礁
尼格洛斯島
巴拉汪島
塞夫島
永暑礁
太平島
斯魯海
胡志明市
棉蘭老島
文萊
馬來西亞
蘇拉威西海
婆羅州島
印尼
0
250
500km

第三章　決定進行臺灣封鎖作戰

1

紐約・聯合國大廈　七月十六日　東部標準時間下午四時二十分

加里事務總長拼命地用手指敲著桌子，在桌下抖著腳。這時聯合國事務局的成員們用阿拉伯文及英文在交談著。

在另一個房間裡面，議事營運委員會的各國代表們，對於議事之一的臺灣加盟申請的採決問題是否要納入議事日程中，正在進行檢討。

主持議事營運委員會的七國當中，支持中國派的國家爲兩國。對臺灣表示好感的國家爲兩國。剩下的三國則是中立國。已經過了三小時，但是似乎還沒有出現結果。

可能是意見分歧吧！喬安・A・小林聯合國大使隔著桌子觀察加里事務總長以及成員們的樣子，並等待著。在旁看著資料的聯合國次席大使卡爾・布朗，正在筆記本上記下一些東西，傳給喬安。

「日本的重田元介聯合國大使想要見妳，要不要見他？回答是YES or NO？」

忙。

喬安思考了一下。必須要見重田大使。日本是常任理事國，有事還要找他們幫

喬安在YES上畫圈。然後用原子筆在旁邊寫著「卡爾，你代替我去見重田，希望他能夠成爲共同提案國。我把這邊收拾一下，立刻過去和你會合」。

「OK！」

卡爾小聲地回答，推開椅子站了起來。卡爾・布朗以前是海軍士官。加里事務總長只是瞥了布朗一眼，立刻又和總會議長國的印度代表們秘密地竊竊私語。

喬安忍著呵欠，看著資料。

美國國務院所調查的臺灣支持國、中國支持國、保留國、棄權國的一覽表。根據資料顯示，臺灣支持國未過半數，而另外一方面，中國的支持國也沒有增加，浮動票的保留國或棄權國的動態，對於臺灣是否能夠加入聯合國具有極重大的影響。

問題在於是否有時間說服保留國或棄權國。如果有時間的話，贊成臺灣加入聯合國的國家出現的可能性很大。但相反的，贊成支持中國的國家也可能會出現。

根據國務院的判斷，臺灣獨立的思想無法消失，必要的結果就是中國會進攻臺灣。這時美國不會支持中國，但是也不希望因爲支持臺灣，而與中國直接對決。剩下之路，就是如何制止中國侵略臺灣。這當然是需要時間的。

喬安爲了爭取時間，在議事日程當中，希望臺灣加盟聯合國申請的決定日程能夠排到會期末，於是向加里事務總長提出這個要求。

名單方面，俄羅斯和日本持保留態度。兩國都是安保理事會的主要國，因此令喬安感到很失望。

非常瞭解俄羅斯的想法。雖然與中國保持友好，但是又想與臺灣保持秘密外交關係。因爲臺灣的經濟力有助於俄羅斯的復興。而另外一方面，成爲資本主義國家之後，也垂涎中國的市場。

日本處於微妙的立場上。如果向中國靠攏的話，可能會增加與美國的糾紛。相反的，如果與中國對立的話，也沒有辦法正面承認臺灣獨立。因此，日本必須要和美國採取同一步調，可是態度不明，非常地曖昧。

「小林女士，讓妳久等了。」

聽到生澀的英文，喬安抬起頭來。

議長國的印度代表，前來告知議事營運委員會的結論。

「怎麼樣？」

「關於臺灣申請加入聯合國的議案，決定在會期末再討論。當成最終議案。」

「謝謝。」

喬安立刻站起來，朝印度議長和加里事務總長微笑。印度議長和加里事務總長反射性地也站起來，對她微笑。喬安對於微笑具有絶對的自信。因爲喬安本能地知道，任何男人都會因爲女人的微笑而放鬆心情。

喬安來到走廊，走向電梯。

心中大叫著：太棒了！會期末是指兩週以後的事情。在此之前還要檢討聯合國的預算和赤字等堆積如山的問題，一切結束之後，再來討論臺灣的問題。

從上面下來的電梯走出了很多的人。喬安正打算走入電梯的時候，有人叫她。

「小林女士！」

回頭一看，是中國的首席聯合國大使唐偉長瞇著眼睛，站在不遠處。

「妳很活躍嘛！聽說妳在暗地裡工作。」

「彼此，彼此啊！」

喬安若無其事地回答。唐大使身後跟著幾名隨從。他一定是爲了得到各國支持中國，而去拜訪了一些國家的代表。

唐大使推起圓眼鏡，笑著說道：

「我給妳一個忠告，就算妳做了一些背地裡的工作，臺灣是我國領土一部分的這個事實是不會改變的。談到今後長遠的中美友好關係，希望貴國不要做得太過分了。

臺灣獨立根本就是夢想家的戲言。聰明的貴國與這件事扯上關係，絕對不是上策。」

「我國對於世界上任何國家的人權和民主主義都深表關心。絕對不會坐視殘酷的人權侵害，或是民主權利的鎮壓而不顧。這是我國的基本政策。」

「是嗎？所以冷戰結束以後，美國還是無法辭去世界警察的責任。真是辛苦了。」

唐大使冷笑道。

「可是，也不能因此而干涉他國的內政啊！請告訴貴國的國務長官，能不能停止雙方的內政干涉呢？把我國的內政問題之一的臺灣問題當成國際問題來處理，背地裡秘密地反對我國，在聯合國內部施展陰謀的國家很多。但是，中國則以斷然的態度應付這些人。一定會將正義的鐵鎚從他們頭上揮下。」

「這是威脅嗎？」

「沒這回事，只是一個好朋友的忠告。」

唐大使臉上浮現出柔和的笑容，施上一禮。喬安也回禮。唐大使用眼光示意隨從們，一行人慢慢地離開了。

喬安深呼吸，平靜自己的心情。唐大使的話很明顯地就是對美國的責難。真是沒禮貌的傢伙！喬安拼命壓抑自己的憤怒。

搭乘電梯，按下十樓的按鈕。

到達十樓時，喬安的情緒已經平靜下來了。趕緊走到聯合國代表團室，喬安打開門，和在事務室的書記官及秘書等人打招呼後進入辦公室。坐在椅子上，看著手邊的文件。這時秘書辛西亞從門外探出頭來，輕輕地敲敲門。

「什麼事？」

「大使，國務次官送來緊急聯絡。趕緊接電話吧！」

喬安看著鏡中的自己，梳理一頭散亂的黑髮。辛西亞的金髮緊緊地盤在頭上。她身材高大，看起來像女明星或是模特兒，是一位美人。喬安經常想，就算她不在聯合國的事務所工作，靠自己的美貌當武器，也能夠平步青雲。

「有什麼事嗎？」

「ＣＮＮ好像得到重要的北京情報。」

「你說什麼？你聽錯了吧！應該是ＣＩＡ吧！」

喬安覺得很不可思議。大眾傳播媒體的情報蒐集能力竟然比國家的情報機構更快。

「沒聽錯，真的是ＣＮＮ。有來自北京的時況轉播。ＣＮＮ已經打確認電話給國務卿吉布森了。」

這時時鐘指針指著五點。喬安要辛西亞打開電視。辛西亞拿起搖控器，打開電視。

CNN的新聞已經開始播報了。受人歡迎的播報員以平靜的語氣開始述說。

畫面上是以飄揚的五星紅旗爲背景，映出大海洋上中國海軍艦艇乘風破浪航行的光景。

『今天早上中國共產黨中央軍事委員會透過電視轉播，說明中國軍事當局命令中國海軍艦艇，從黎明開始進行無限期的臺灣海上封鎖。同時，中央政府也召開了緊急的記者會，說明這個處置是中國國內的問題，解釋這次的行動是爲了阻止臺灣的分離獨立。中國政府對於所有策畫兩個中國的外國勢力，說明中國不惜行使軍事力來對抗。雖然沒有指名道姓，但無疑是對美國與日本提出警告……』

喬安站起身來。

封鎖臺灣！真的可以這麼做嗎？事前知道聯合國將要對臺灣問題的決定延期商討的中國，竟然趁此機會想要一舉封鎖臺灣。

『因此，在南海及東海航行的船隻，不可以通過臺灣海峽或臺灣近海十二海哩以內的海域。中國政府對於無視於警告的船舶，提出不保障其安全的警告。而對於此舉，美國政府先前也召開了緊急的記者會，政府發言人格羅斯對中國政府的臺灣海上封鎖，認爲無疑是破壞極東和平與安全的暴舉，嚴加責難。』

「立刻打電話給國務次官。」

喬安一邊看著畫面，一邊對辛西亞這麼說。辛西亞走近電話，拿起聽筒。

電視畫面改變了，映出以天安門爲背景的特派員。

『這是來自北京的實況轉播。由CNN的北京支局唐特派員爲各位說明。』

播報員叫著畫面上的年輕男子。

『是的。我是在北京的唐。北京現在是早上七點多。與臺灣之間已經展開了新局面，現在包括天安門廣場在內，北京街道的情形與平常一樣，非常地平靜。』

『但是，還是有一些緊急措施。北京繼南沙、東沙群島之後，是否真的要展開對臺灣本島的進攻呢？』

『關於這一點，看來北京軍事當局似乎要從軟硬兩方面來進行臺灣對策。在今天早上的措施之前，昨天晚上特別與CNN會面的中央軍事委員會的秘書長秦平中將，對於緊急的臺灣問題曾提出新的和平提案。根據他的說法，秦中將希望今後關於臺灣和中國兩方面，以一國兩制爲前提，建立中華人民聯邦共和國。秦中將提出希望臺灣國民黨能夠進行第四次國共合作。同時，中國承認臺灣大幅度的自治，並呼籲他們參加中央政府……』

畫面上映出帶有精悍表情的秦中將。秦中將臉上露出穩健的笑容，用中國話發表言論。

「接通了國務次官科瓦爾斯基。」

「謝謝。」

喬安一邊看著畫面，一邊從辛西亞手中接過聽筒來。

「這是怎麼一回事啊？」

喬安好像喘息似地説著。

2

廣州　七月十七日　上午七時

聽到電話聲響起。

劉小新從床上伸出手，取出枕邊的大哥大。

『是劉同志嗎？』

聽到這個聲音，劉坐起身來。是被派遣到福建省的郭英東中校的聲音。

「喔！是郭同志啊！怎麼這麼早打電話給我？」

『你沒聽說嗎？今天早上已經進入作戰第三階段。』

「真的嗎？這麼快！」

劉看著牆壁上的日曆。七月十七日。比預料的時間更早。雖然是由中央軍事委員會進行作戰決定，但是，作戰會議應該是在臺灣派遣軍的準備到達某種程度以後才進行的。

因此，劉被派遣到廣東軍處做準備，而郭中校則被派遣到福建軍處。沒想到這麼早就發生了這種事態。

「到底是怎麼一回事啊？」

『我能夠猜測一二，不過在電話中不方便說。』

大哥大有可能被敵人的間諜或是公安偷聽，因此，重要的案件絕對禁止使用大哥大聯繫。

『你和廣東軍參謀們商量得如何呢？』

「很糟糕。他們已經深受分離主義、地方主義的毒害。」

劉好像是說給竊聽電話的公安聽似的。

『嗯。』

「這些人對北京抱持反感，陷入地方主義中，因此不會考慮整個中國，只想讓廣東獨立，謀求經濟發展。是獨善利己主義者。根本沒有考慮到中華民族主義。」

『真是有趣啊！』

郭在電話那端笑了起來。

「別開玩笑了。我現在很頭痛呢！正在煩惱著不知道要怎麼樣讓他們聽從中央的吩咐呢！你的狀態如何？」

『福建省很有趣，真是有趣呢！』

「你說什麼啊？」

『我也許不會再回到北京了。』

「爲什麼呢？」

『因爲我已經自覺到我是福建人了，難道你還沒有自覺到自己是廣東人嗎？』

「我不知道你說的是什麼意思？」

劉想起郭爽朗的笑容。有時候真不知道他在想些什麼。

『我不回去北京了，我要在這裡擔任參謀。』

「你說什麼？」

『福建軍的司令官和參謀長都歡迎我擔任福建軍的主任參謀。』

「喂喂，你說什麼啊？別開玩笑了！不可以任意地進行人事異動，總政治部不會答應的。」

劉坐直身體說道。

『總政治部算什麼啊！我最近成爲福建獨立論者。事實上，在以前我就一直思考著福建民族主義。我不希望福建省成爲北京的犧牲品，想要靠自己的腳自立行走。』

「你是認真的嗎？」

『我是認真的。你也好好想想。就這樣回到北京，會變成什麼樣的情形呢？雖然我們進入救國將校團，想要試鍊自己的力量，想要靠自己的力量凌駕於太子黨之上，取得天下。但是，在救國將校團中有力量的還是那些太子黨，我已經放棄了。對於這些靠關係、沒有實力也能位居上位的人，要我在他們下面做事，我不願意。我就好像戰國時代的武將一樣，在野指揮天下。』

「喂！郭。你知道自己在說些什麼嗎？」

『當然知道囉！你怎麼樣，要不要加入廣東軍？試試看嘛！廣東軍的白少將是有白獅子將軍之稱的武將，成爲白將軍的軍師指揮天下，不也是一件有趣的事情嗎？福建軍的我和廣東軍的你是很好的搭配耶！就好像現代的曹操和現代的劉備一樣，我們就是生於亂世的軍師或名將。』」

劉不知該怎麼說。他覺得他的好友郭英東不是真的這麼想，可能是有人在旁邊指示他這麼說的。

「郭，我要見你。在電話中我不知道你在說什麼。」

『好啊！是你過來，還是我到你那兒去呢？』

「稍後我再和你聯絡。我到你那兒去吧！」

『知道了。我等你。我們要好好談談，我相信你會有和我同樣的想法。再見囉！』

電話掛斷了，劉一陣愕然。難道是做夢嗎？那也是一場惡夢吧！劉搖搖頭。練兵場那兒已經傳來起床的士兵，早上練習的聲音了。這時聽到敲門聲。

「劉中校同志。」

聽到鍾少尉小聲地叫喚著。劉穿上軍褲，上半身穿著運動服，打開門。穿著野戰服的鍾少尉站在門前，在距離稍遠的走廊陰暗處站著胡中尉。

「怎麼回事？」

「請趕緊逃走吧！公安當局不久就要來逮捕你了。」

「你說什麼？」

「總之，趕緊準備吧！」

「爲什麼要逮捕我呢？」

「是廣東軍司令部的命令。你被懷疑是間諜。」

「說什麼啊！我要見白參謀長。」

「白參謀長命令胡英中尉同志和我來幫助你逃走。」

「這是怎麼一回事啊？總之，趕緊離開這兒吧！稍後再談。」

鍾少尉表情非常地嚴肅，於是劉勉勉强强回到房間，趕緊換上軍用野戰服。

「到哪兒去？」

「胡中尉同志會帶你去。只要帶一些重要的東西就可以了。」

劉在軍用背包中塞入重要的文件，同時把裝著軍用手槍的槍套一起塞入背包中。

「快點。」

劉趕緊走出房間。胡中尉對他招招手，打開太平梯的門。劉在鍾少尉的催促之下跑下樓梯。先跑下去的胡中尉，悄悄地打開了門。

「來吧！」

出口外面是內庭。在胡中尉的帶領下，劉穿過樹林，走到內側的停車場。在那裡停著一輛小型的軍用汽車。駕駛座上已經坐著先前看過的張中士。引擎在空轉著。

劉在胡中尉的催促下坐在後座。胡中尉坐在他的旁邊。鍾少尉向劉敬禮。

「你呢？鍾少尉同志。」

「我是廣東軍，我要留下來。」

張中士把車子開走了。劉看著坐在身旁的胡中尉，清淡的香水芳香飄入鼻中。胡中尉穿著軍裝真的很美。軍用車的輪胎在小石子路上彈跳前進著。

「到哪去？」

「別說話！」

胡中尉以嚴肅的表情看著窗外的情況。可以看到對面的營門。有幾輛軍用車已經進入營門，看軍服的顏色就可以知道是公安部的士兵。

「中士，從西門出去。」

「是。」

張中士將車迴轉，好像隱藏在營房的陰影下似地前進。到達西門時，張讓衛兵看身分證明書。以尖銳的聲音說道這是白少將的車子。衛兵一齊敬禮，拉起架子來讓車子通過。車子飛快地奔馳到街上。

胡中尉以鬆了一口氣的表情靠在椅背上。

「到底發生了什麼事？胡中尉同志。」

「廣東軍決定背叛北京。」

「什麼?是真的嗎?」

「而且，還說首先要把你逮捕。我覺得你這樣太可憐了，於是請求白少將幫助你逃走。」

劉驚訝地看著中尉。

3

東京臨海副都心・國際開發振興會館大廈三十八樓　七月十七日下午一時十分

北鄉瞇著眼看著在夏天的陽光下閃耀的東京灣。而在較遠的浦賀水道，海上自衛隊護衛艦成縱列航行。橫須賀護衛隊的第一護衛隊群可能已經出航了。

新創設的「國家安全保障局」通稱N機構，租借了建築在臨海副都心超高層大廈三十樓到最上層五十五樓的建築物。

這是在泡沫經濟時代建立的大廈，沒有人要租借，幾乎都是空屋。事實上，N機構可以說是租借了整棟大廈。

「北鄉，報告蒐集齊全了嗎？」

聽到辻村彰次長的聲音傳來。北鄉譬回頭看他。

「是的，快蒐集好了。」

辻村次長看著電腦的螢幕。

情報一課的樓層隔著很多區，而每一區都有分析官使用電腦。全都是從外務省情報局及大學研究室中挑選出來的精英。

辻村從外務省情報局時代就是北鄉譬的上司。創設N機構時，他答應青木外相的邀請，辻村情報局長以下一百多人都來到了N機構。N機構局長是前統幕議長向井原一進，主要成員大多是陸海空三幕的情報幕僚，其次則是來自外務省的人員。

僅次於局長的次長寶座由辻村擔任。雖說自衛隊幕僚長於軍事情報，但是政治、經濟的情報蒐集分析，則以外務或通產、經企廳等的組員略勝一籌。將兩邊的拿手範圍統一起來蒐集情報，進行情報的評價與分析，是出身於外務省的北鄉等人的工作。

北鄉譬回到自己的區域，敲打著電腦的鍵盤。移動滑鼠時，畫面上映出圖版。畫面排列著預料今後中國情勢發展的模型。

1.兩個國家（臺灣獨立，與中國政府不同的政府。爲二國家二政府）

這是臺灣所希望的獨立國家構想。

2.中華人民共和國統一臺灣（一國一政府一體制）

這是中國政府的理想方向。

3.中華人民聯邦國家（維持一國二府二體制，臺灣與中國的合併聯邦）

這是最近在召開記者會中秦中將非正式發表的妥協案。

4.中國聯邦（美利堅合衆國型的聯邦。各省成爲省自治政府，擁有相當大的自治權，但是卻在一個聯邦政府之下加以統一。臺灣成爲臺灣省自治政府）

5.中國國家聯合（俄羅斯型的獨立國家共同體ＣＩＳ型，是一些獨立國家的聯合。臺灣獨立，但是卻屬於中國國家聯合的範圍）

6.中國共同體

各民族、各地區各自獨立，但與其說是獨立國家共同體，還不如說是具有更寬鬆的經濟主體的共同體。

「如果中國的方向要以此分類的話，大約會分爲五個中國國家聯合或六個中國共同體ＣＣ。」

北鄉聲對辻村說著。辻村點點頭說道。

「對臺灣而言不好，但考慮到將來我國的國益，如果能夠以臺灣獨立爲槓桿，使中國分裂，引導出中國國家聯合或是中國共同體的話，是最好的結果。當然，不是這麼簡單就能達成的。你到我房間來一下。」

「是。」

辻村看著周圍的成員，北鄉領悟到這是秘密談話。北鄉關掉電腦的開關，跟隨在辻村的身後走去。進入隔壁的次長室時，辻村對北鄉說道。

「北鄉，你會說廣東話和福建話吧？」

「我會說廣東話，福建話只懂一點點。」

辻村從桌上取出香煙。

「抽煙嗎？」

「不。不抽。」

「嗯，很好。」

北鄉頭一次看到辻村抽煙。以前他似乎是不抽煙的。

「事實上，我有事想請你幫忙，但是我不會勉强你，因爲這是很危險的工作。」

「工作，什麼事啊？」

「希望你進入華南。」

「華南？那這裡的工作怎麼辦呢？」

北鄉感到很驚訝。當然，比起待在辦公室使用個人電腦進行情報分析而言，去第一線的現場從事蒐集及調查情報的工作，似乎更適合他的個性。但是，目前關於廣東、福建地區，或是臺灣相關的政治經濟狀態的情報分析還沒有完成，不能就這樣放下不管。

「我要你中斷分析官的工作，進入華南是有理由的。華南有廣州市及珠海市、廈門等，來自情報二課的工作員進入。同時也聘雇當地的工作人員。但是，因爲不習慣，所以沒有辦法進行經濟情報或政治情報的收集。不僅如此，而且一些情報員行蹤不明，可能是被公安逮捕或是被當地的敵對者消滅了。雖然想要努力調查，但是卻無法展開重要的華南情報活動。不過，這次華南的確有動亂的情形出現，希望你前去查探。」

聽到是危險的工作，北鄉整個身體都發抖了。曾經去過華南好幾次，曾在廣州市留學一年，在那兒生活，是自己所熟悉的地方。雖然在情報蒐集方面自己並不是專家，但也不是說完全沒有自信。在北京大使館的時候，雖然這些秘密情報的蒐集不是自己的工作，看到蒐集秘密情報的官員的作法，北鄉有自信自己能夠做得比他們更好。

「這是一定要做的事嗎？」

「你可以拒絕。事實上，這並不是我想出來的，是向井原局長的想法。我反對將你這麼重要的幹部派遣到不同範圍的情報活動方面。因此，你可以拒絕。這樣我也會覺得很輕鬆。」

「爲什麼向井原局長要選我呢？」

「因爲你身爲分析官的眼光和感覺，得到很高的評價。分析情報的眼光，也許有助於對華南微妙的政治、經濟情報的分析。就算沒有找出任何秘密情報也可以。這麼骯髒的工作，讓情報三課的特殊工作部去做吧！希望你能夠直接去調查現在發生的事情，或者在發生事情時，對於這些事態我們應走的方向是什麼。雖然是合法的情報蒐集，但是對方並不這麼想，也許會認爲你是被派遣來調查秘密的情報員。因此，你必須覺悟到這是相當危險的工作。」

「好的。我願意去。」

「眞的願意嗎？」

「華南是我感興趣的地區。要進入那兒，最好是在臺灣與中國的戰爭開始之前進入。那我的身分是什麼呢？」

「你就以本名進入好了。用假名反而會讓人覺得可疑。你就堂堂正正地以外務省領事館員的身分前去吧！」

「我擔任書記官的工作嗎？」

「是啊！表面上你是訪問華南，與當地的僑民或日系企業等接觸。甚至可以和當地企業或地方政府相關者懇談，以ODA實態調查的名義來進行調查。這樣別人也不會覺得可疑。」

辻村噴一口煙，把煙按熄在煙灰缸中。

「你真的要去嗎？」

「讓我去吧！」

「知道了。那麼你立刻回家準備出發吧！我會和向井原局長聯絡。」

辻村拿起電話聽筒，按下局長室的按鈕。

「什麼時候出發？」

「明天。」

「明天？」

北鄉瞪大眼睛。辻村以低沉的聲音對著聽筒說道：「他答應了」。然後看著北鄉說：「那我就請他本人到局長室去。」

北鄉的心已經飛到廣州去了。廣州有他懷念的朋友。他們現在也許已經在市政府或省政府擔任要職了。

4

臺灣東方海域　七月十八日　十一時九分

透過艦内的擴大器，傳來由無源聲納所掌握的螺旋槳的聲音和迴遊魚群造成的水流聲。

中國海軍東海艦隊第三潛水艇戰隊所屬的攻擊型通常潛水艇「鐵鮫」七一號，靜靜地在臺灣的基隆港東南東五十二公里的海内潛航。

深度一百。速度是十五海哩。距離目標地點爲四十六公里。

因爲與流速較快的黑潮逆向航行，因此速度較慢。實際速度不到十海哩。

前方海域有敵人的驅逐艦和驅逐艇徘徊。現在敵人好像還沒發現到自己的接近。

艦長惠中一海軍少校靜靜地看著艦内。海中的噪音很多。聽得見在西南航路航行的貨物船以及油輪所發出的螺旋槳聲和水聲，魚群與鯨魚的活動聲和叫聲，還有拍打在遠處陸地岩石上的波濤聲，以及海底火山的鳴動聲。

在這些聲音當中，要識別敵人潛水艦或驅逐艦艇的聲音，實在是很困難的事情。惠艦長感到非常地焦躁。惠少校的身體和感覺還無法熟悉「鐵鮫」七一號。以前乘坐的明改級（舊蘇聯製威士忌改級）潛水艦「鐵鯨」四三號，就不會有這種情形發生。對於艦艇的各處都非常熟悉，好像活動自己的手腳似地運用自如。即使在任何深海中，都能感受到包圍艦的周圍海中的情形。

能夠察知掠過艦艇的海豚群，不使用聲納也可以瞭解海水流動的情形以及魚群的活動。搭乘明改級潛水艦的時代和自己在一起的部下們，同樣感覺到不安。因爲這些人都無法有熟悉的感覺。

這也是無可奈何之事。因爲，配屬到「鐵鮫」七一號還不到四個月。即使是在陸上進行過幾次模擬器具的訓練，接受過「鐵鮫」的裝備和習慣裝置的訓練，但是實際在海中的情形則完全不同。

「鐵鮫」七一號是俄羅斯製最新式千級採用引擎推進式通常動力型潛水艦，是由俄羅斯進口的千級二十艘潛水艦中的第十八艘。組員五十二名，其中士官爲十四人。

組員全都是擁有乘坐通常動力型的明改級潛水艦或舊式的潛水艦等經驗的老手。但是頭一次乘坐這種潛水艦「鐵鮫」七一號，所以並不熟悉。同樣是通常動力型潛水艦，但是這一型潛水艦比起明改級等其他型而言，是配備不亞於核子潛艇的高科技裝備。

千級潛水艦是由俄羅斯的魯賓潛水艦設計局所設計的潛水艦。魯賓潛水艦設計局曾設計過世界最大戰略飛彈核子潛艇颱風級，以及舊俄羅斯海軍核子潛艇等船艦。應用其技術，新製造的就是最新的千級通常動力型潛水艦。

基本的情形如下。

外形爲淚滴型。內部爲完全複殼式。全長七二・六公尺，全寬九・九公尺，全高一四・七公尺。潛舵寬度十二公尺。吃水六・二公尺。排水量二千三百噸。

爲了提升配備於艦前部的聲納性能，因此會發出多餘聲響的潛舵安裝在中央稍靠近前方的位置。

動力是柴油機電氣推進式一軸。電動機與柴油機完全分離，因此操縱性比以往更佳，而且也改善了機動性。

電動機裝備四座。在主軸裝備了主電動機一座和巡航用電動機一座，此外，還附帶二座輔助電動機。

最出色的就是這是低出力巡航推進電動機。在狹隘的水域中的運動和停留，或者是當主軸和推進器受損時可使用。安置在設於艦底部的筒狀隧道中，隧道內部引起水流推進艦的系統。

這種方式能夠大量降低螺旋槳所發出的空洞音。這種巡航推進系統在通常動力型潛水艦上還是頭一次採用。

最大速力十海哩（水上）、十七海哩（水中），持續航行距離九千六百公里。最大潛航深度三百公尺。作戰深度二百到二百四十公尺。潛望鏡深度十七・五公尺。

武器方面配備五三三釐米魚雷發射管六座。其中有二座可以發射最新的有線誘導式魚雷。

魚雷搭載數爲二十枚。不過，六枚在發射管内，剩下的則搭載在魚雷架上。如果不使用魚雷的話，也可以搭載二十四枚機雷。採用新型自動裝填系統，魚雷再裝填時間比以往大幅度縮短。這個裝填系統可以從控制臺的末端機器進行操作，與戰鬥情報控制系統ＣＩＣＳ相連。

ＣＩＣＳ可以同時對於二目標單發或者是進行齊射攻擊，同時尾隨五目標。這時，二目標是進行自動操縱，而三目標則是進行手動的尾隨操作。ＣＩＣＳ與航法系統相連，當ＣＩＣＳ指示路線時，可以自動地將操縱指示傳達到控制臺。

主追蹤器的主桿上備有雷達和ＥＳＭ，艦體配備聲納。聲納在艦體前部，可以掃瞄前方一百八十度的範圍及水面的狀態。

這所有的機能都採用自動化中央控制系統，也配備了防護罩裝置，可以說是非常完美的潛水艦。

即使最新的裝備完善，但是這個戰鬥艦是否能夠發揮最大限度的戰鬥能力，必須看組員的訓練度，以及對艦和裝備的熟悉度如何。在這一點上，「鐵鮫」七一號因爲就航才四個月，因此熟悉訓練不夠。這也是令惠艦長感覺到焦躁的一點。

來自戰隊司令部的指示，是利用實戰經驗來彌補略嫌不夠的訓練。

「鐵鮫」七一號離開母港的時間是在兩週前。一邊進行實戰，一邊巡邏東海，反覆進行戰鬥訓練。但是因爲是演習，所以比較鬆懈。

因此，在琉球海域被日本海軍的偵察機發現時，也只不過是沒有進入日本領海就撤退而已。現在卻不是如此了。昨天早上中國海軍司令部已經下令，潛水艦和水上艦艇對臺灣進行海上封鎖。

「鐵鮫」七一號接受的命令，是要在通往基隆港的水路鋪設浮遊機雷。浮遊機雷會隨著海流到達出口附近，因此必須盡可能接近基隆港，將魚雷鋪設在會回流到基隆港的海中。

海流調查船長期調查的結果，最適合放置機雷的地點，是在基隆港南南東小岬的海灘附近。目標地點是在岬海灘五公里附近。這個目標地點是出入基隆港的船舶一定要通過的水路。

即使進行臺灣本島的海上封鎖，但並不是封鎖臺灣島的海岸線全域。而是要利用艦艇封鎖通往臺灣的海上交通路，或者是在主要航路上鋪設機雷，讓船舶無法通行，進行封鎖即可。

現在，通過臺灣東海岸側的西南航路上，有東海艦隊的第四護衛艦戰隊和南海艦隊的第七護衛艦戰隊南北對峙，開始對於通行航路的船舶進行臨檢。

通過臺灣海峽側的航路，在北側出入口和海峽有東海艦隊第五護衛艦戰隊把關，南側的出入口則有南海艦隊第六護衛艦戰隊封鎖警戒。而北海艦隊的第一、第二、第三護衛艦戰隊爲預備戰力，在臺灣北方東海海洋上待命。這也意味著要牽制從琉球海域南下的美國第七艦隊。

護衛艦戰隊的任務是追捕臺灣船籍的船舶，趕走要航向臺灣的外國船籍的貨船或者是油輪，不允許他們入港。允許船駛出臺灣，但是如果忽略警告或不配合臨檢的話，對於想要强行突破海上封鎖線的船舶，則要加以追捕、擊沉。

除了這些護衛艦戰隊以外，臺灣周邊的海域還有北海、東海、南海艦隊的各潛水艦戰隊的潛水艦，潛航在海中深處待命，協助同志水上艦艇，阻止穿越封鎖線的船舶進入臺灣。同時對於主要港口進行機雷封鎖。

「艦長，捕捉到聲納聲了。可能是潛水艦的偵察聲納聲。」

聲納員手上壓著接收器說著。惠艦長很緊張。

半徑七十公里的海域應該沒有同志的潛水艦。如果是同志的話，應該會從聲納接收到特殊的通信音。但聲納員卻沒有接收到這個識別音。難道不是同志嗎？

「方位呢？」

「方位〇一〇，不，〇〇八……消失了。」

「消失了。」

惠艦長看著聲納員。聲納員面對控制臺，一邊按著鍵盤，一邊找尋音源。希望不讓任何的小聲音逃脫。

「也許是假回音吧！」

「距離呢？」

「不明。」

副長江志傑上尉臉上一片陰霾。

「艦長，是敵艦嗎？」

裝備最新型聲納的探知能力，連距離一百公里遠的聲音都可以掌握到。到底敵人的潛水艦潛藏在哪兒呢？

現代潛水艦戰自從開發了自動尾隨方式的魚雷之後，誰先用聲納探測出對方的位

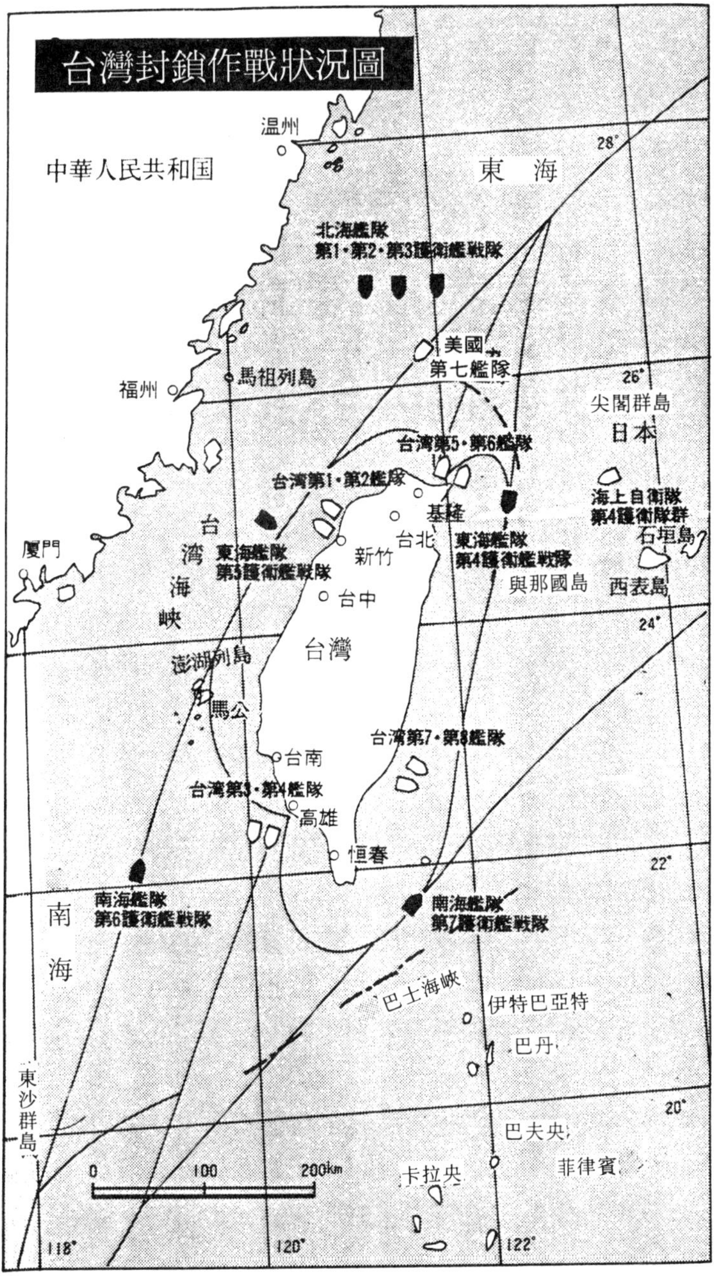
台灣封鎖作戰狀況圖
温州
中華人民共和国
東　海
28°
北海艦隊
第1・第2・第3護衛艦戦隊
美國
第七艦隊
馬祖列島
福州
26°
尖閣群島
日本
台湾第5・第6艦隊
台湾第1・第2艦隊
海上自衛隊
第4護衛隊群
石垣島
基隆
台北
台
湾
海
峡
厦門
東海艦隊
第5護衛艦戦隊
新竹
東海艦隊
第4護衛艦戦隊
與那國島
西表島
台中
24°
台灣
澎湖列島
馬公
台湾第7・第8艦隊
台南
台湾第3・第4艦隊
高雄
恒春
22°
南海艦隊
第6護衛艦戦隊
南海艦隊
第7護衛艦戦隊
南
海
巴士海峽
伊特巴亞特
巴丹
東沙群島
20°
巴夫央
0
100
200km
卡拉央
菲律賓
118°
120°
122°

置，先進行魚雷攻擊的一方絶對有利。因爲現在想要避開尾隨式的魚雷，幾乎是不可能。

聲納員利用無源聲納探測前方的海域。無源聲納掌握到對方發出的引擎聲和螺旋槳聲、齒輪聲等等，而這些聲音會瞬時輸入電腦，成爲音紋呈現在畫面上。檢查這些音紋，就可以特定出艦種或艦名。

「防護罩啓動」「防護罩啓動」

在覆誦的同時，泡沫掠過艦艇壁面，一起噴出。防護罩是將空氣放出到艦外，用細小的空氣泡沫包住雜音發生源的外側，欺騙敵人聲納的一種裝置。萬一，敵人的潛水艦或敵人的驅逐艦用聲納探測自己的位置時，就可以加以保護。

「主動機停止」「主動機停止」

「巡航電動機啓動」「巡航電動機啓動」

「低速前進五海哩」「低速前進五海哩」

「維持深度」「維持深度」

主電動機震耳欲聾的低周波聲停止了。取而代之的是微弱的震動。是設在艦底部隧道內發出來的水流，使艦低速前行。

艦體被特殊的橡膠材料覆蓋，因此內部音較不容易外漏。但是，以往乘坐舊型潛水艦時養成的習慣，使得全部的人員都鴉雀無聲。從擴大器中只有傳來魚群發出的叫聲或水聲。

突然，聲納又聽到了吵鬧的螺旋槳聲。是大型船舶，船籍不明，但是有可能是十萬噸級的油輪或是大型貨櫃船。

「油輪通過中。距離二十三公里。方位三二九。」

聲納員小聲地說著。江副長看著惠艦長。用眼睛詢問是否要捕捉獵物。惠艦長搖搖頭。還有別的任務，任務結束再說。

「距離目標還有多遠？」

「距離目標地點三十七公里。」

惠艦長看著手錶。還有足夠的時間。

「艦長，敵人驅逐艦的聲納聲。」

聲納員告知。

終於發現敵人的影子了。惠艦長用手指對控制臺的魚雷發射要員做出指示。魚雷發射要員的中士，則做出隨時都ＯＫ的手勢。

「距離二十一公里。方位三三〇。」

這是護衛油輪的驅逐艦。惠艦長瞪著還沒有看到的敵艦。雖然是頭一次實戰，但是以往曾經藉著訓練反覆練習過，現在卻覺得心情非常地平靜。

5

海上自衛隊自衛艦隊第二潛水隊群第四潛水隊所屬的「夕潮」型潛水艦ＳＳ五八一「雪潮」，潛航在與那國海域深處，以時速八海哩的低速前進。

深度二百公尺。

海中聽到魚群聲和各種的船舶的聲音，非常地熱鬧。「雪潮」極力壓低自艦的聲音，在海中前進。

消失到哪去了？

「雪潮」艦長蟹瀨幹雄三等海佐站在發令所，看著聲納室的村井海中士。村井海中士手上握著接收器，豎耳傾聽。發令所是具有艦橋與ＣＩＣ機能的潛水艦中樞的戰鬥指揮所。

在眼前手握著操舵輪的操舵員，左右站著兩人等待蟹瀨艦長的指示。右側第一位操舵席執行潛航和橫舵，也就是船艦的針路和深度的管制。而左側第二操舵席則進行船艦的縱舵，也就是調整艦的姿勢角的任務。

聲納的確探測到國籍不明的潛水艦。也許對方也知道自己的存在了。當然，也許和自己同樣有防護罩的裝置。不知道是否會潛入聲納較難探測到的逆轉層下呢？

副長三浦修上尉從聲納室走回發電所。這時蟹瀬三佐問道：

「目標的最後位置是哪裡？」

「方位二四〇。距離六十八公里。深度一〇〇。在這個海域没有我方的潛水艦。

現在正在檢查最後掌握到的音紋。」

我方指的是海上自衛隊的艦艇，以及一直保持緊密聯繫的美國海軍艦艇。

「可能是中國海軍的潛水艦。」

蟹瀬艦長獨自一人喃喃自語地說著。在這個方位的前端有臺灣的基隆軍港。展開海上封鎖作戰的中國軍隊，的確想要封鎖臺灣的主要港口。

三浦上尉用戰鬥服的衣袖擦拭汗水。冷氣應該爲正常運作，但是卻因爲極度的緊張而覺得口渴，額頭上冒出汗水。而組員們雖然都保持沉默，但是大家的想法應該都是一樣的。

「艦長，檢查結果出來了。」

敲打著電腦鍵盤的近藤中士，回頭對蟹瀬說。

「是哪一國的潛水艦？」

「俄國製千級通常型潛水艦。根據音紋的記錄，是配屬於中國海軍東海艦隊潛水艦隊群的潛水艦『鐵鮫』。艦號名不明。」

「是嗎？是『鐵鮫』嗎？」

蟹瀨艦長看著映在電腦螢幕上的千級潛水艦設計圖。聽説中國在三年前到現在為止，購買了最新型千級潛水艦二十二艘，而且已經進了實戰配備。

千級的性能和各種配備雖然不明，但是如果相信傳來的情報的話，則千級應該具有與「雪潮」同樣的性能，的確是個難以應付的對手。

附帶一提，「夕潮」型潛水艦ＳＳ五八一「雪潮」主要設計如下。ＳＳ五八一「雪潮」是「夕潮」型潛水艦的第九艦。

船型為完全復殼式的淚滴型。内殼板和内殼肋骨等使用新開發的ＮＳ八〇調質高張力鋼。因此，安全潛航深度提高為大約三百到四百五十公尺。

標準排水量二千三百五十噸。全長七十六公尺。全寬九・九公尺，全高十・二公尺，吃水七・四公尺。

動力為柴油機電氣推進式。主機為川崎Ｖ八Ｖ二四／三〇ＡＭＴＬ柴油機二座。在通氣管潛航狀態下可產生一千九百五十馬力，水上航行為二千一百馬力。主電動機配備全力七千二百馬力的電動機一座。馬達推進器採用低旋轉低雜音高效率的推進器。

最大速力約十二海哩（水上），約二十海哩（水中）。

主要武器爲五百三十釐米水中發射管六座。發射管還可以發射對艦飛彈。

加上自艦運動的情報，利用電子計算機加以處理，裝備ZYQ—1潛水艦管制裝置。艦首部的聲納採用ZQQ系列最新型的ZQQ—4，提高偵察能力。

對水上雷達則採用耐水壓能力極高的ZPS—4，ESM也使用新型的ZLA—6。並配備能發生氣泡的防護罩裝置。組員約七十五人。

如果比較武器的話，海上自衛隊「雪潮」的裝備有對艦飛彈，但是俄羅斯的千級潛水艦卻沒有這個裝備，爲最大的不同點。

「艦長，在前方掌握到其他複數的螺旋槳音，都是水上船舶。」

「在哪？」

「方位二七二。二七〇。二六八。」

「距離？」

「距離最近的船八十公里。」

「知道船種嗎？」

「大型油輪與貨物船，還有臺灣海軍護衛艦的護衛艦隊。」

聲納員村井海上士很有自信地說著。村井海上士在這一方面是十年的老手。

「怎麼知道是臺灣海軍的艦隊呢？」

副長三浦上尉半信半疑地問著。村井海上士笑著說道：

「因爲早就聽慣了油輪的螺旋槳聲。護衛艦一艘是O・H・培里級，另外二艘是基亞林格級和諾克斯級的護衛艦。而配備這些艦艇的只有臺灣海軍。我拿下個月的薪水來和你打賭。」

「你看來很有自信的樣子嘛！」

三浦上尉好像還是很不相信地這麼說。三浦到「夕潮」上任還不到一個月。

「副長，你最好不要和村井賭。在這個艦上，很多人都把下一個月的薪水輸給他了呢！」

蟹瀨艦長臉上露出了笑容。村井慌忙地搖搖頭。

「艦長，沒這回事。我在勤務中怎麼可以打賭呢？」

「拜託你囉！」

蟹瀨艦長笑了起來。

「偵察結果出現了！」

使用電腦的要員叫著。

「油輪是臺灣船籍『永福號』，十萬噸。還有船名不明的貨船二艘。一艘驅逐艦是編號一一〇一飛彈驅逐艦『成功』。艦種爲O・H・培里級驅逐艦。」

「還有呢？」

「基亞林格級『德陽』和諾克斯級『鳳陽』前後航行。」

蟹瀨艦長看著三浦副長，三浦副長搖搖頭。村井海上士笑著走向聲納探測器。蟹瀨艦長問村井。

「可以掌握到先前的敵人潛水艦嗎？」

「等等。再試試看。」

村井將聲納裝置由自動改爲手動。用手撥弄著轉盤，豎耳傾聽接收器的聲音。電腦自動偵察容易忽略聲音，而經由他長年的感覺也能夠聽得到。

目標是否潛入水溫不同的逆轉層呢？還是水下測定器的測定位置不佳呢？

「雪潮」爲了偵察而啓動曳航聲納系統（TASS）。後尾拖著數百公尺以上的水下測音器。因此，速度必須保持在十二海哩以下。原來這種測音器是軸對稱，所以雖然能夠捕捉聲音，可是卻不知方位的左右。同時，也會因測音器流動角度的不同，捕捉聲音的情形也會改變。

蟹瀨艦長命令操舵員。

「改變航路，三〇〇。維持原來深度」

「改變航路，三〇〇。維持原來深度」

操作員覆誦著，同時轉動舵輪。表示行進方向的軌道慢慢地出現弧度。操作員看著經由電腦處理過的畫面，進行艦的操縱。畫面上出現海底的輪廓，是中國大陸棚的影像。

現在拖曳在後面的測音器應該也改變方向了。蟹瀨艦長非常相信長年和自己在一起的部下們。相信這些人一定能將「雪潮」的力量發揮到百分之百。

參加過好幾次美日共同的演習，「雪潮」在模擬戰中總是擁有超群的偵察成績。這是令老練的美國海軍潛水艦隊司令官覺得不可思議的偵查成績。因此，蟹瀨艦長以下，這艘艦的組員全都得到自衛艦隊司令官所頒布的功勞獎章。

「賓果！」

村井海上士叫道。蟹瀨艦長回過神來。

「艦長，捉到『鐵鮫』了。方位二四五，是使用低速巡航裝置的潛水艦『鐵鮫』。」

「幹得好！什麼是低速巡航裝置啊？」

蟹瀨艦長問道。

「這是配備在千級潛水艦的新型裝置。如果不是我曾在美國海軍潛水艦要員訓練中心聽過這個聲音的話，恐怕就會忽略它的存在了。這是利用設在艦底部的隧道引起水流，得到推進力的低出力巡航裝置。」

蟹瀨艦長想起來了。低出力巡航裝置的噪音非常地少，是能提高潛水艦隱密性的推進裝置。

「距離『鐵鮫』有多遠？」

「六十公里。」

「深度呢？」

「一百。」

「方向呢？」

「朝向基隆。」

蟹瀨艦長趕緊走到領航臺，看著海圖。航海士官指出敵艦和油輪、臺灣海軍艦艇的位置。

「目標是油輪嗎？」

三浦副長看著蟹瀨艦長。

「鐵鮫」與油輪距離爲二十公里。海上自衛隊配備的最新式的高性能魚雷射程是十六公里。如果希望命中的話，最好在十公里以內。如果是普通魚雷的話，射程爲五、六公里。

「怎麼辦？」

臺灣海軍的護衛艦似乎還沒有察覺到敵艦，是否應該要浮上去警告他們呢？雖然不是日本船籍，但是難道不阻止敵艦攻擊民間的油輪嗎？蟹瀨艦長在深思著。

艦隊司令部發出的交戰規定，當我國和美國艦船遭受敵人攻擊時，才可以展現自衛行動。可是，如果沒有其他命令的話，原則上遇到臺灣艦船或出入臺灣的船舶遭到中國艦艇攻擊時，應該保持中立。

當然也可以浮上去與司令部取得聯絡，由司令部通報臺灣軍司令部。但是，任意行動的話，自艦的動態會被中國船艦察覺。

「好，繼續監視。」

蟹瀨艦長告訴副長。

「改變航路二七〇。速度十二海哩。」

「改變航路二七〇。速度十二海哩。」

操舵員覆誦著。映在CRT上的航路影像慢慢地偏右。同時海底的影像朝左邊移動。

6

海上狂風巨浪。三角波遍布整個海洋。

菲律賓南方海域形成熱帶性低氣壓，逐漸北上發展爲颱風。因爲這個影響，使得到臺灣島的前線受到刺激，降下豪雨。

中華民國（臺灣）海軍第二護衛艦群所屬的O・H・培里級飛彈護衛艦一一〇一「成功」，航行在臺灣本島東海岸附近執行護衛任務。

飛彈護衛隊「成功」艦長丁文元海軍中校，在艦橋看著鉛色的海洋。天空籠罩著雲雨。通信員正將來自艦隊司令部的狀況報告給艦隊司令黎海軍上校瞭解。

雖然再三陳述意見，但是所得到的回答都是相同的。在還沒有得到其他的命令之前要待命。但如此一來，也許戰爭就結束了。

丁艦長聽著來自司令部的電文，不禁嘆息了。雖然敵人的海軍艦隊就在眼前，但是司令部只考慮到防守。如果遭到封鎖則反擊，切斷封鎖線就可以了。敵人的數目很多，但大半都是老朽的艦船，所以應該要集結新鋭艦艇，建立快速聯合艦隊，堂堂正正的進行艦隊決戰才對。

以前日本海軍雖然力量不大，但是卻集結最新銳艦，製造精銳艦隊，將堪稱世界最强俄羅斯的巴爾奇克大艦隊埋葬在日本海中。

這些怕死的老傢伙，趕緊去死吧！

丁艦長忍不住咒罵道。真是到了萬一的時候，即使只有我們第二護衛隊群，還是要奇襲敵人艦隊，攻擊北京的獨裁者們。

「艦長，接到『德陽』來電。確認北方一百二十公里洋上的敵艦隊艦影。準備對艦飛彈戰。」

一百二十公里是「雄風二型」反艦飛彈（對艦飛彈）的射程內。「雄風二型」反艦飛彈的最大射程是一四八公里，但是沒有接到戰鬥命令，不能攻擊。丁艦長氣得咬牙切齒，可是仍然深呼吸，試著平靜下來。

「待命準備戰鬥。没有發布戰鬥命令。敵人攻擊的話則予以反擊。此外，敵人可能潛藏在海中，一定要嚴密警戒。」

通信員覆誦著。首先必須將滿載原油的油船和載著糧食的貨物船，平安無事地送達基隆才行。然後再展開戰鬥吧！

臺灣船籍的十萬噸油輪「永福號」，和在後方的五千噸級貨物船二艘呈縱列，朝向臺灣北部的基隆港航行。油輪和貨物船的側面、前後有呈半圓形的三艘護衛艦隊航行其間，加以保護。

在十公里遠處帶頭前行的是，在前方負責警戒的基亞林格級驅逐艦九二五號「德陽」。再來是旗艦「成功」在油輪側面併行航行，距離十公里遠的二艘貨物船的右斜後方，則跟著濟陽級（諾克斯級）驅逐艦九三三號「鳳陽」。

「德陽」是美國出售給臺灣的舊式基亞林格級驅逐艦，而進行了「武進三號」系統的近代化修改，成爲煥然一新的近帶艦。而且組員的士氣高昂，艦長伍少校以下全員都意氣風發。

「德陽」的武裝爲OTO七六釐米口徑單裝速射砲一門，「雄風二型」反艦飛彈（對艦飛彈）四枚，博福斯四十釐米砲二門，Mk三二魚雷二發，Mk四六魚雷十六發，標準對空飛彈十發。後部甲板搭載MD五〇〇直升機一架。

而「成功」則是在臺灣海軍近代化計劃「光華計劃」中，所建造的O・H・培里級飛彈護衛艦第一號艦。是與美國海軍的里級護衛艦爲基礎而加以改良的改良型，外觀和美國海軍的姊妹艦有差距。

主要差距在於前部上部構造物上，搭載了國產對艦飛彈「雄風二型」四連裝箱型發射機二架，而艦中央部則裝備了四十釐米單裝砲二門。

滿載排水量四千一百噸。武器如先前所叙述的有「雄風二型」反艦飛彈八枚，標準SAM一枚，七十六釐米單裝砲一門，二十釐米CIWS四十釐米單裝砲二門等。為重視對空能力的飛彈護衛艦。

最後一艘濟陽級護衛艦「鳳陽」是美國海軍轉售的諾克斯級護衛艦，基準排水量三〇一一噸。最大速度二十七海哩。雖然是舊式的，但是還是可以當成現役艦來使用。武器裝備方面有「雄風二型」反艦飛彈八連發裝射機一座，一二七釐米五四口徑單裝速射砲一門，二十釐米CIWS一座，三二四釐米魚雷發射管二座等，搭載SH—七〇對潛直升機一架。

『艦長，聲納偵測到敵潛水艦。』

來自CIC的聯絡。丁艦長在艦長席上坐直身體。而黎上校在司令席聽到通報，看著艦長。

「方位呢？」

『距離、方位、深度都不明。但是，聽到微弱的聲納聲。國籍及艦種艦名都不明。』

來自CIC的回答。

「天候太惡劣了。」

黎司令喃喃自語地說著。丁艦長也看著波濤萬丈的海面。船艦被風吹拂，朝前後左右大幅度地擺盪。如果這時讓對潛直升機飛行到天上，實在是很危險的事情。

「飛行司令！」

「是。」

在艦橋一角待命的飛行司令黃上尉跑了過來。

「直升機能飛嗎？」

「能飛！」

黃上尉好像早就等待已久似地大叫著。黃上尉似乎打算自己飛，已經穿好飛行服在等待著。

「不要緊吧？」

「在這個時候怎麼可以逃避呢？我自己飛。」

黃上尉意氣風發。丁艦長點點頭。

「好，出動直升機。要愼重地偵察，絕對不要勉強。」

雖然這麼說，但知道黃上尉是會勉力而爲的弟兄。黃上尉很高興地向丁艦長回禮。

黃上尉轉過身，跑向艦尾的方向。

船頭掀起白浪，丁艦長和航海長面面相對。

「艦長，可以減速嗎？」

「嗯。」

稍微減速，減少船艦的搖晃，使直升機較容易升空。丁艦長怒吼道。

「減速十海哩」「減速十海哩」

來自操舵員的覆誦。

船艦的速度急速減慢。聽到後部甲傳來直升機螺旋槳的轉動聲。

「直升機要起飛了。」

航海長叫道。丁艦長離席來到甲板。聲音逐漸增大。後部甲板的對潛直升機已經慢慢地上升了。

「艦長，接到來自『德陽』和『鳳陽』的聯絡。兩艦也派出了對潛直升機。」

「很好。」

丁艦長看著掀起狂風巨浪的灰色海洋。

到底在哪兒呢？一定要找到它才行。丁艦長這麼想。

7

「艦長，敵驅逐艦接近。距離十公里。」

聲納員低聲說著。惠艦長看著海圖。距離目標地點還有二十四公里，如果在此被敵人發現的話，就無法完成任務。

「艦長，我們要繼續前進……」

江副長意氣風發地說著。

「平靜下來，我知道你想說什麼。」

艦内的空氣非常污濁，潛航已經過了六小時。冷氣的效用也不佳。艦内溫度上升，組員們全都穿著運動服。

通常動力型潛水艦和核子潛水艦不同，要定期接近水面，利用通氣管換氣。但是，在戰鬥海域浮上接近水面的地方，無疑是自殺行爲。

惠艦長看著組員們，組員們全都没有任何的不平、不滿，但是，每個人的臉上都顯現出非常疲勞的樣子，而且瀰漫著焦躁感。

突然，金屬聲納聲敲擊著艦外殼。組員們一起看著艦的內壁。外殼罩著防護罩泡，但是因爲艦的移動和海流的影響，還是有氣泡罩不到的地方。如果這裡反射聲納聲的話，就會被敵人偵測到。

「艦長，潛航吧！」

副長喘息地說道。惠艦長無視於江副長的意見。

「聲納員，油輪的位置呢？」

「方位三二〇。距離十一公里。」

「好。改變航路，方位三三〇。」

惠艦長吩咐操舵員，聽到覆誦聲。在中央控制臺的操舵員轉動舵輪。副長驚訝地說道：

「艦長，你要做什麼？」

「敵人派出對潛直升機，投下聲納浮標。再這樣下去，遲早會被發現。浮上去吧！」

「但是，可是……」

「現在海面波濤洶湧，與其在海中，還不如在接近海面的地方較不容易被發現。」

「很危險！」

「這是我的做法，你不要再說了。」

惠艦長命令部下。

「巡航電動機停止」「巡航電動機停止」

「主動機啓動」「主動機啓動」

艦內聽到主電動機運轉的聲音。

「全速前進！十七海哩」「全速前進！十七海哩」

「防護罩開到最大」「防護罩開到最大」

「急速浮上，深度五十」「急速浮上，深度五十」

操舵員拉著舵輪，使船艦上浮。艦開始傾斜。聽到壓搾空氣進入壓艙水箱的聲音。

「艦長，你難道瘋了嗎？」

「我没瘋。油輪在哪？」

「方位没有改變，距離九公里。敵人驅逐艦接近中。」

聲納員大叫著。操舵員看著深度計的深度叫道。

「深度五十。」

「準備魚雷戰。準備一號、二號發射管，準備發射通常魚雷！」

聽到魚雷發射管要員覆誦。

「鐵鮫」七一號這次的出擊，因爲沒有搭載空間，所以只搭載了六枚魚雷。而且能夠發射魚雷的發射管只有一號、二號二座而已，三號到六號的發射管，裝填了任務所需要的四枚機雷。

機雷是能從發射管發射的筒狀型機雷，剩下的十四枚機雷取代魚雷搭載在魚雷架上。

搭載的六枚魚雷中，四枚爲非誘導的通常魚雷，二枚爲誘導魚雷。

到第二第世界大戰爲止，潛水艦的重要任務是利用非誘導魚雷進行對水上艦艇攻擊。但是，魚雷已經讓出了對水上艦艇攻擊任務的寶座，交由對艦飛彈執行任務。今天的潛水艦則是以同樣的潛水艦爲對手，進行對潛水艦作戰爲主要任務。因此，最適合攻擊的武器是誘導魚雷。當然，誘導魚雷進行對水上艦船的攻擊也非常有效，但是價格昂貴，因此通常使用價格便宜的非誘導魚雷。

「鐵鮫」七一號雖然想使用誘導魚雷，但是如果不先發射裝填在第一、二號發射管的非誘導魚雷的話，則沒有辦法裝填誘導魚雷。

惠艦長望著天花板，瞪著看不到的海上敵艦。

這時，敵人的聲納聲一直敲著艦的外殼。外殼的橡膠膜和防護罩的泡沫吸收攪亂了聲納聲，但是無法吸收所有的聲納聲，使其煙消雲散。敵人利用聲納浮標，拼命地在找尋潛水艦的位置。

「急速浮上！潛望鏡深度」「急速浮上！潛望鏡深度」

操舵員覆誦，要讓空氣進入壓艙水箱。拉舵輪，潛望鏡深度一口氣上升到十八公尺附近。惠艦長趕緊跑到潛望鏡邊。

發令所控制臺的深度計的針不斷地往上。

四十。三五。三十。二五。二十。

「潛望鏡深度！」

操舵員叫著。惠艦長好像在等待著似的，升起了潛望鏡。

從潛望鏡中看到一大堆泡沫在波濤之間。可以遠望到巨大油輪船體。在前方有灰色驅逐艦的艦影。

「敵人驅逐艦的位置？」

「方位三二四。距離八公里。」

「貨船的位置？」

「方位三一六。距離十公里。」

「放下潛望鏡。」

潛望鏡下降。

「目標方位三一六。距離十。準備發射魚雷。」

操舵員覆誦，修正艦的方位，將船頭朝向三一六。

「艦長，不要攻擊貨船，攻擊正面的油輪不是更好嗎？」

「照我的吩咐去做！」

「知道了。」

副長不贊成惠艦長的作法。惠艦長命令聲納員。

「一號，發射！」「一號，發射！」

副長一邊覆誦，一邊按下魚雷發射按鈕。聽到壓搾空氣瞬間漏出的聲響。

「二號，發射！」「二號，發射！」

副長按下按鈕。又聽到發射聲響。惠艦長叫道。

「左滿舵」「左滿舵」

「急速潛航，深度二百」「急速潛航，深度二百」

操舵員覆誦著。船艦地面大幅度傾斜，氣壓逐漸增高，感覺好像船艦在旋轉似的。出現耳鳴現象。惠艦長吸了一口氣，命令道。

「一號、二號，準備發射誘導魚雷。」

「深度一百。」

深度計的針慢慢下降。

「航向三三〇」「航向三三〇」

操舵員轉動舵輪，將船頭朝向命令的方位。

「放出聲納。」

「放出聲納了！」

聲納開始動作，重新調好目標位置。

「驅逐艦的位置呢？」

「方位三二六。距離七公里。」

「艦長，如果這樣前進的話，會直接撞上驅逐艦。」

「不要緊。方位、航向保持原狀。」

惠艦長咬著嘴唇。敵人一定會用聲納掌握到我們的行蹤。

一旦被鎖定到，敵方就會發射魚雷過來。惠艦長早就覺悟到了。

「深度二百。」

操舵員告知。

「好，看著吧！」

惠艦長發出會心的微笑。聲納聲更高了。

「一號、二號發射準備完成。」

魚雷發射要員告知。只有二枚珍貴的誘導魚雷，一定要命中。所以盡可能縮短與敵人的距離，對我方較爲有利。

誘導魚雷是國產的五三三釐米有線誘導式魚雷「水龍」。發射的魚雷在中途可以基於聲納情報，進行有線誘導高速航行，到達一定距離時，變爲低速，成爲程式航行。進入程式航行的魚雷，可以進行旋轉航行或螺旋航行，利用聲納探測目標。探測到目標以後，成爲追蹤航行，能追蹤目標，加以攻擊。

如果因爲某些原因而失去了目標，可以再回到程式航行，再度探索，追蹤目標進行攻擊。一旦放出了誘導魚雷，在燃料用盡之前，會反覆這種航行的方式，是一種非常厲害的武器。

「一號魚雷的目標，瞄準正面驅逐艦。二號魚雷瞄準跟隨的驅逐艦。」

魚雷管制要員對著控制臺覆誦。江副長緊張地吞著口水。惠艦長臉上露出匪夷所思的微笑。

「怎麼樣，副長。在敵艦與這些魚雷追逐之際，我們就能完成任務了。」

8

丁艦長手臂交疊，看著波浪濤天的海面，風雨比先前更加激烈。巨大的油輪靜靜地航行在波濤上。不愧是十萬噸的巨大油輪，即使遇到如此的大浪，也絲毫不爲所動。

利用對潛直升機搜查潛水艦，是從再探測目標的活動開始。對潛直升機基於從母艦送來的資料，飛到目標潛在的海面，投下聲納浮標。聲納浮標的探測情報藉著機內音響信號傳送裝置，送達母艦加以分析。如果確定目標爲潛水艦的話，則直升機會將聲納拋向海中，進行自動探測。也就是說，發出聲音，利用聲納浮標接收其反射音，解析從潛水艦反射音的時間差，就可以定出目標位置。

一旦判斷出目標的航向和速度，就要找尋最適合的發射點，將資料輸入追蹤式魚雷，發動魚雷攻擊。

理論上，藉此就可以擊沉目標，但實際上没這麼簡單。因爲有時是風雨較强的惡劣天候，有時是晴天，條件完全不同。而在海中也有海流的速度或伏流、溫度差、海底的地形、鯨魚或魚群的迴遊狀態等自然條件，會不斷產生變化，因此很難探測。當然，對潛要員的技術水準和經驗等，對於探測也會造成極大的影響。

即使派出對潛直升機，如果在惡劣天候下，也很難進行偵察活動。投下聲納浮標，形成聲納浮標的搜尋範圍，但是如果遇到較高的波浪時，聲納浮標會翻倒或被快速的潮流沖走。在海中的雜音和假回音很多，有時聲納浮標很難掌握放出聲音的反射波。

丁艦長覺得有些焦躁，等待著報告出現。如果在這個期間敵人的潛水艦發射魚雷的話，該怎麼辦才好呢？

『艦長，聲納浮標有反應了。』

終於接到來自CIC的報告。丁艦長鬆了一口氣，對麥克風說道。

「在哪裡？」

『有一、二艘潛水艦。』

「有一、二艘？」

丁艦長皺著眉。

『已經探知到一艘，但是另外一艘的回音消失了。應該是潛水艦。』

「二艘都是敵人嗎？」

『一艘的確是敵人潛水艦。現在直升機已經在進行潛水艦位置的局限作業。另外一艘則無法識別敵我。』

聽到非常警戒聲響起。另一位CIC人員嘶啞的聲音從擴大器響起。

『發現魚雷！在2點鐘的方向。』

戰鬥士官叫著。

「全體趕緊就位！」

丁艦長戴上鋼盔。艦橋要員慌慌張張地跑進跑出的。丁艦長對CIC叫道。

「是追蹤魚雷嗎？」

『非誘導。沒有追蹤魚雷音波。』

聽到非誘導，丁艦長鬆了一口氣。如果是誘導魚雷的話，貨船無法避開。

「幾枚魚雷？」

『二枚。都是朝向貨船。』

「只有二枚嗎？」

『沒有發現其他魚雷的聲音。』

「好，對貨船及『鳳陽』、所有的艦船發出警報。」

『已經對所有的貨船發出警報了。也通報了「鳳陽」。對於「永福號」及「德陽」也發出了警戒信號。』

非常警戒聲停止。

但是，丁艦長覺得很奇怪。爲什麼只發射二枚魚雷?現在是攻擊油輪的絕佳機會，爲什麼會攻擊貨船呢?如果自己是潛水艦的艦長，一定會攻擊前方巨大的油輪。只要發射幾發魚雷攻擊油輪，油輪一定會蒙受極大的打擊。但是他們卻不這麼做，爲什麼要攻擊小艘的貨船呢?如果自己是艦長的話，應該會將發射管全部的魚雷都發射。

敵人到底在想什麼呢?丁艦長覺得有點不安。覺得敵人一定有些特別的陰謀。

接到CIC的通報。

『探測到敵人潛水艦了。敵人潛水艦已經浮上到接近海面的位置。』

「什麼!」

丁艦長嚇了一大跳。難道敵人悠哉悠哉地發射魚雷後就想逃走了嗎?對於敵人潛水艦如此大膽的行動，覺得有點意外。

『現在航向調頭，開始急速潛航。因爲使用防護罩，所以紊亂了聲納的探測，可是這一次不會讓他逃走了。』

「方位?」

『一四〇。』

「距離？」

『八公里。』

「深度？」

『二〇〇。局限敵艦的位置，請允許魚雷攻擊。』

「允許。」

丁艦長看著海洋，已經是魚雷到達貨船的時刻了。二艘貨船分別朝左右拚命展開逃避行動。

「艦長，來自『鳳陽』的聯絡。平安無事避開了魚雷。還要持續警戒。」

通信員大聲地念通信文。

『艦長，測到魚雷發射音！又是二枚。』

「什麼！」

又是二枚。才剛聽到敵人潛水艦潛藏到深度二〇〇公尺的海中。在這種深度能夠發射的魚雷，只有追蹤魚雷了。

爲什麼？丁艦長感到很懷疑。

『是誘導魚雷！一發魚雷高速地朝向本艦與「鳳陽」。魚雷速度是三十二海哩。』

丁艦長從座位上站起身來。全速逃走之後誘導魚雷，一旦進行程式航行時，爲了偵察應該會變成低速魚雷才對。在此之前必須要盡可能地避開魚雷。

「全速前進！」「全速前進」

聽到操舵員的覆誦。

最新型飛彈護衛艦「成功」的船腹，安裝了會發生氣泡的防護裝置。船身搖晃得非常地劇烈，要甩開魚雷，必須要先用氣泡欺騙對方的聲納才行。

「艦長，接到『鳳陽』來電。敵人魚雷接近。暫時脫離縱列陣行，進行逃避行動。」

通信員報告。

「接到來自『德陽』的來電。即將前來支持貴艦。」

「成功」掀起大浪，不斷挺進。船頭濺起白色的水花，在灰色的波濤中若隱若現。

聽到CIC的聲音。

『魚雷的速度減慢了。距離五公里。聲納測知魚雷進行程式航行。』

終於來了，丁艦長咬著嘴唇。「成功」是以時速三十海哩的高度前進。但是距離為五公里，還是無法拉大距離。

『魚雷進行旋轉航行。』

CIC逐一報告。

但是，敵艦既然擁有追蹤魚雷，為何不在一開始就使用呢？如果自己是敵艦的艦長，一定會先利用誘導魚雷確實擊沉敵人護衛艦，然後再用通常魚雷擊沉貨船和油輪。如果是通常潛水艦的話，魚雷發射管應該有六座才對。不過一次只發射二枚，應該連續發射六枚通常魚雷擊沉敵艦才對。

敵人的艦長卻不這麼做，到底他想做什麼呢？

突然，安裝在前甲板的反潛自導魚雷發射器旋轉，對著虛空。接下來的一瞬間，從箱型發射器彈出彈體，冒著白色噴煙，對天上的雲飛翔而去。

『艦長！捕捉目標，發射短魚雷！』

來自CIC的通報。

反潛自導魚雷的彈體，是由短魚雷和火箭推進器用整型罩連接，短魚雷的前端為了減少空氣的阻力而罩著罩子。利用火箭推進器讓彈體到達空中，目標潛藏的海域時，就會與火箭推進器或罩子分離而降落。

彈體到達水面時，短魚雷進入水中進行探索航行。短魚雷會一直前進到接近目標的位置，在中途利用音響追蹤的方式探索目標。接下來就與誘導魚雷的偵察方法完全相同。

丁艦長嘲笑眼下的敵人，讓他們也接受我們的禮物吧！

『敵人魚雷進行追蹤航行，朝本艦挺進。』

聽到CIC士官告知。丁艦長趕緊下達命令。

「發射模擬彈！」「發射模擬彈」

從船頭冒出噴煙，模擬彈飛向海面。

「左滿舵！」「左滿舵」

「防護罩全開！」「防護罩全開」

船首朝向左邊。船艦大幅度朝右傾斜。航向幾乎是呈直角改變，又回到直進的航向。

模擬彈的作用爲欺瞞誘導魚雷。放出各種的螺旋槳音和各種的雜音直進，欺瞞追蹤魚雷的感應器，使其靠攏過來。在這個期間，真正的船艦則發出防護罩氣泡覆蓋船艦，讓聲納不容易與船艦反應。

這是追蹤魚雷的頭腦與人類智慧開始交戰的時刻。

誘導魚雷這個笨蛋，一定要中模擬彈的計哦！

丁艦長用望遠鏡看著敵人魚雷的方向。

『艦長！敵艦開始急速浮上。全速在海中朝著油輪的方向前進。』

「到底要做什麼？」

丁艦長對於敵艦奇妙的行動感到很驚訝。

9

「再裝填魚雷。」

魚雷發射要員叫道。惠艦長點點頭。已經剩下非誘導魚雷了。而且包括已裝填的魚雷在內，只剩下四枚。

「距離油輪多遠？」

惠艦長詢問聲納員。

「五公里。」

聲納員回答。

「速度呢？」

「十五海哩。」

「航向？」

「維持原狀。」

要追趕嗎？惠艦長看著海圖。敵人油輪的推定航路，與自船艦的航路呈斜角相交。按照計算的話，應該會撞在一起。

惠艦長一直看著中央控制臺的計器類。沒有辦法利用防護罩完全欺瞞敵人的聲納。

深度三十。速度十七海哩。

船艦全速前進。看著魚雷發射管制裝置的江副長，來到惠艦長身旁，輕聲說道：

「艦長，不攻擊油輪到底要做什麼呢？」

「混入油輪後的航跡中。」

「你說什麼？」

「油輪前速前進。潛藏在其航跡的泡沫中，就能欺瞞敵人誘導魚雷的感應器，就不會被敵人發現。如果在接近油輪處我艦爆炸的話，會損害油輪。我們要把油輪當人質。」

江副長以錯愕的表情看著惠艦長。原來艦長是想要跟在油輪之後，接近目標地點，完成鋪設機雷的任務。現在為了完成任務，必須全力以赴。鋪設機雷作戰是影響臺灣封鎖成敗與否的重要作戰。現在其他的潛水艦戰隊在各海域進行作戰，因此絕對不能輸給其他的戰隊。

惠艦長下定決心。

聲納員叫道。

「艦長，測得敵人的魚雷聲。」

「在哪？」

「八時上方。是誘導魚雷。」

惠艦長想：終於來了！

「距離油輪多遠？」

「三公里。」

惠艦長布滿血絲的眼睛看著江副長。

突然，聽到撞擊聲敲著船艦的外殼。惠艦長判斷這是爆炸聲。

「二號『水龍』命中敵艦。」

艦內一片歡呼聲。江副長興奮地看著部下。

在實戰中，這是頭一次擊中敵人的驅逐艦。

「敵人魚雷呢？」

「進行旋轉航行。」

聲納音敲著外殼。來自斜上方的聲納音。敵人魚雷發出的聲納音在海中大幅度地旋轉航行，捕捉目標，最後進行攻擊。早晚會被敵人的魚雷發現。

這時，惠艦長腦海中突然靈光乍現。惠艦長命令機雷管制要員李淮尉。

「準備發射機雷！」

聽到命令，李淮尉跳了起來。

「三號、四號、五號、六號全都可以發射。」

魚雷發射管中已經裝填了機雷。

「可以變更時限設定嗎？」

「你想要什麼時間都可以。」

「三、四、五、六號全都要在十五秒內爆炸。趕緊去做！」

李淮將感到很驚訝，但是還是立刻將命令傳達給魚雷發射管制室。江副長看著艦長。

「你打算怎麼辦？」

「你看著吧！我要用機雷擊垮魚雷。」

江副長不禁緊張地吞了口水。以爆發的時機而言，也許真的能夠擊毀魚雷。但是，必須要吻合時機。

開始讀秒。聲納員叫道：

「艦長，敵人魚雷停止旋轉，朝這兒來了。」

「距離？」

「一千五百。」

「機雷時限設定好了。」

李准將擦著汗。

「魚雷全速接近，距離一千。」

在間髮之際，惠艦長叫道。

「三號機雷拉射！」「三號，發射」

江副長按下發射鈕。從發射管聽到壓搾空氣漏出的聲音。稍做呼吸之後，艦長叫道。

「四號發射！」「四號發射」

副艦長按下按鈕。艦長大叫道。

「以五秒的間隔，五、六號全部發射！」

突然，聽到爆炸聲，衝擊波襲擊船艦。船艦照明暫時消失又恢復，船身劇烈地搖晃。最初的機雷爆炸了。

「敵人魚雷依然在接近中，距離五百。」

聲納員叫道。副長以五秒的間隔按下發射按鈕。

劇烈的震撼侵襲船艦。從五號發射管發射的機雷爆炸了。撞擊的強度使得艦內的照明完全消失。

10

丁艦長一陣愕然。在遠處後方冒起黑煙，護衛艦「鳳陽」發出哀嚎。通信員叫道。

「『鳳陽』艦長傳來緊急聯絡。機關部泡水中。會沉沒。必須棄艦。命令全員徹退。希望能救助組員。一二〇九時。」

怎麼會這樣呢?丁艦長非常地氣憤。「鳳陽」的逃避行動失敗了。

「通信士，與『德陽』取得緊急聯絡，要他前去救援『鳳陽』。本艦正在逃避敵人魚雷，沒有辦法前去救援。全力迴避！」

丁艦長大叫著。

畜生！一定要討伐這個敵人。但是，首先一定迴避這個好像蒼蠅一樣的誘導魚雷。

『艦長，敵人的魚雷再度進行旋轉航行。』

CIC報告。丁艦長咬著嘴唇。黎司令以失望的表情看著波濤萬丈的海洋。敵人的追蹤魚雷視破了欺瞞彈，停止追蹤，又開始進行探索。的確是很聰明的誘導魚雷。

知道魚雷是中共所開發的國產魚雷「水龍」。北京的技術也不差嘛！丁艦長用手帕擦拭著額頭的汗水。

「投下曳航模擬彈！」「投下曳航模擬彈！」

戰鬥士官覆誦。投下艦尾的曳航模擬彈是最後的手段。曳航模擬彈是用鋼絲繫著，直接在船尾拖曳，會發出各種的欺瞞音。讓魚雷的感應器朝那兒靠攏，而失去目標的方法。而目標則必須要利用防護罩，消除聲音，繼續航行。

突然，在後方海域聽到爆炸聲。海面濺起白色的水花。

『掌握到爆炸聲。』

ＣＩＣ通報。

「擊中了嗎？」

丁艦長不禁探出身子來。艦橋要員歡聲雷動。如果能夠擊沉敵艦的話，就能爲「鳳陽」報仇了。

『不是的。不是我們的誘導魚雷爆炸。』

「那麼，是什麼呢？」

『目標敵潛水艦航向油輪。而我方魚雷依然進行追蹤。』

又聽到爆炸聲。這一次海面上的波浪更大了。

「命中了嗎？」

ＣＩＣ沉默。到底是什麼東西爆炸了呢？難道是我方魚雷中了對方的欺瞞手段而爆炸的嗎？

『我方魚雷還在追蹤中。敵人潛水艦也沒事。』

出現第三次的爆炸。和先前幾次一樣，都是大爆炸。隆起的水面掀起了水柱。什麼東西爆炸了呢？

「擊中了嗎？」

ＣＩＣ又保持沉默。拼命地分析資料。的確與以往的爆炸完全不同。

『我方魚雷的聲音消失了。魚雷爆炸了。』
「那麼，沒有命中嗎？」
『還未確認。……艦長，敵人魚雷全速接近！』
丁艦長回過頭來。即使擊中了敵人的潛水艦，也沒有辦法逃離敵人的誘導魚雷。
「右滿舵！」「右滿舵！」
操舵員覆誦。船頭開始朝右旋轉，艦朝向左邊傾斜。
希望魚雷擊中用鋼絲拖著的模擬彈。丁艦長在心中向神祈禱。

11

第四次的爆炸在斜後方響起。船艦因爲衝擊波而搖晃。
「損害部位報告！」
惠艦長一邊看著潛望鏡，一邊命令。艦內各部回答「無異狀」。緊急燈滅了，而照明也恢復了。
「聲納？」

「没有魚雷追蹤。」

聲納員笑著説。江副長看著惠艦長。

「太棒了！機雷擊中敵人的魚雷。一定要向司令部報告這個快舉才行！」

「副長，没時間説這件事了。聲納員，油輪的位置呢？」

惠艦長平靜地問道。

「距離五百公尺。」

「好，跟隨在油輪的後方。慎重其事。」

惠艦長露出了微笑。操舵員看著螢幕畫面，微妙地操縱舵輪，減慢速度。

「潛望鏡深度！」「潛望鏡深度！」

船艦開始朝向繼續地航行。突然，船艦進入激流中。船艦的外殼遇到水流，進入油輪的航跡中。

深度計爲二十公尺。

「升上潛望鏡。」

潛望鏡升上，惠艦長看著潛望鏡。露出海面的潛望鏡周圍都是泡沫。看到眼前油輪的大船尾。惠艦長監視著周圍。

「繼續前進，配合速度。」

「瞭解。配合速度。十五海哩。」

操舵員轉動舵輪説道。

艦的周圍都是氣泡。就好像是一層防護罩似的。

「升通氣管。」

聽到覆誦聲。通氣管升到海面，同時有新鮮的空氣流入艦内。組員們拼命地深呼吸，想要呼吸新鮮的空氣。

「距離目標地點多遠？」

「十四公里。」

航海長看著海圖。再這樣跟隨著油輪，就能夠接近目標地點。惠艦長鬆了一口氣，下達命令。

「機雷發射準備。」

「在裝填機雷。」

機雷管制要員李准將很有元氣地回答。

12

「左滿舵」「左滿舵」

艦頭開始朝左旋轉。波濤打在前甲板上。

丁艦長手掌滲出汗水。原來是敵人的誘導魚雷，被曳航模擬彈欺瞞，暫時失去目標。可是又回到程式航行，再度追蹤而來。

『敵人魚雷，急速接近模擬彈！』

CIC告知。誘導魚雷就好像要吞掉魚餌的鯊魚似的，真是非常頑固啊！

「可以射擊嗎？」

戰鬥士官問道。丁艦長也想到這個方法，或者是由艦尾放下爆雷。但是，也許敵艦的艦長除了使用誘導魚雷以外，也會使用爆雷，或者是引爆機雷。

「好，我們就用爆雷將它爆破吧！」

丁艦長舒展眉頭。聽到CIC的聲音。

『敵人的魚雷接近本艦！』

「什麼?模擬彈如何了呢?」

『模擬彈的發信停止,故障了!』

「笨蛋!」

丁艦長看著戰鬥士官。戰鬥士官趕緊衝到艦内電話旁。

『敵人魚雷接近,距離八百。』

「投下爆雷!」

丁艦長對於艦尾要員叫道。希望還來得及。

「右滿舵」「右滿舵」

艦頭轉向右邊。船艦朝左大幅度傾斜。

『魚雷接近,五時後方,距離四百。』

聽到背後爆炸聲。接著第二發也爆炸了。爆雷爆炸了。

没有誘爆!畜生。

丁艦長很焦急。

「CIC!」

『艦長,太棒了!魚雷轉了方向。朝向海底前進。』

「怎麼回事?」

『可能是爆雷的爆炸破壞了魚雷的追蹤裝置。成功地逃開了！』

艦橋上歡聲雷動。

丁艦長擦拭著額頭上的汗水。只能說這是幸運吧！當曳航模擬彈故障時，他想這已經是最後的時刻了。藉著敵人潛水艦艦長之賜，才能想到利用爆雷來逃避。丁艦長重新回到現實中。

「敵人潛水艦的位置呢？」

『消失了，目前還在偵察中。』

畜生，難道逃走了嗎？可是應該不會的。時間沒有經過多久，一定隱藏在海底某處。

丁艦長看著風雨逐漸減弱的海面。敵人潛水艦潛藏在海的某處。

13

海上自衛隊潛水艦「雪潮」艦長蟹瀨三佐，在發令所看著中國海軍潛水艦和臺灣海軍護衛艦的死鬥。當然，不是直接用肉眼觀看戰鬥狀況，而是利用聲納反應與各艦的行動、爆炸聲的位置，大致可以瞭解戰鬥狀況。

結果，一艘臺灣海軍護衛艦被擊沉，而戰鬥還在持續當中。

「艦長，知道潛水艦最後的位置了。」

面對電腦的近藤海軍上士抬頭說道。

「在哪？」

「這是潛水艦的推定航路。」

近藤用手指著螢幕上的線，蟹瀨艦長看著皺起了眉。

「這些航跡是？」

「油輪的航跡。在交叉處消失了。」

螢幕上只看到油輪的點。

「這麼說來，是潛藏在油輪下方囉！」

「或者是潛藏在油輪的航跡內。」

蟹瀨艦長覺得很奇怪，爲什麼敵人的潛水艦要潛藏在油輪下或航跡內呢？可能是爲了避免來自臺灣護衛艦的追蹤魚雷的攻擊吧！

而觀察臺灣海軍艦艇的動態，他們似乎已經失去敵人潛水艦的行蹤了。

敵人潛水艦的目標到底是什麼呢？蟹瀨艦長看著海圖在思索著。再這樣下去的話，敵人潛水艦會逼近基隆軍港。

要默默地保持中立呢？還是應該要和友軍一起作戰，向臺灣海軍通報呢？

「再這樣下去，油輪恐怕也無法倖免。」

副長三浦上尉對蟹瀨說。的確如此。敵人潛水艦最後可能會爆破油輪，如此一來，一定會發生西南航路上的最大慘事。

蟹瀨艦長下定決心。

「急速浮上」「急速浮上」

操舵員覆誦。船艦準備上升。CRT映出了上升的航路。三浦副長笑著說道。

「要通報了嗎？」

「交戰規定並沒有說不能通報啊！」

蟹瀨艦長臉上露出笑容。

14

「接近目標地點。」

航海士官告知。惠艦長笑了。艦潛藏在油輪的巨大渦中，順利地航行。再繼續前進就能完成任務了。

「距離四公里。」

操舵員報告。

「一號、二號發射管的魚雷換成機雷。」

惠艦長命令機雷管制員。為了鋪設機雷，一分一秒的時間都要珍惜。一定要有效使用一、二號放射管。

「立刻再裝填。」

聽到機雷管制員的回答。

機雷的種類有很多。由鋪設狀態來分類的話，包括浮遊機雷、係維機雷、沉底機雷、水際機雷這四種特殊機雷。而以發火方式來分類的話，則有管制機雷、獨立機雷二系統。獨立機雷又可分為觸發機雷與感應機雷。

惠艦長奉命鋪設的，就是其中新型係維式感應機雷。

係維式感應機雷是潛水艦鋪設用機雷。外徑配合魚雷發射管，能夠像魚雷一樣發射出去。機雷一旦發射到大陸棚等淺深度的海底時，機雷會自動脱離係維器，降到海底。和係維器以纜繩相連結的機雷會漂到海中，通過該處的水上艦艇即使未與機雷接觸，但是藉著磁氣和水壓的變化，機雷會感應而爆炸。

這是普通的係維式感應機雷。但是，如果是新型的話，經過一段時間以後會脫離係維器的纜繩，機雷隨著海流飄浮。由於機雷有自動深度調節裝置，因此在漂浮時仍然會保持一定的深度，不會浮在海面上。

而到達了指定的時間時，機雷就會自動引爆。這就是中國海軍深感驕傲的最新式機雷。

已經有四枚機雷爆破，剩下十四枚。但是只要十四枚，就能夠充分封鎖航路，幾天以後就能封鎖基隆港了。

機雷最棒的不只是直接的爆破效果而已，很多人因爲害怕這邊有機雷，就不敢通過這邊的航路了。

惠艦長看著海圖，感覺到鋪設的機會即將到來。

先前聽到聲納聲從艦的外殼傳來，但是藉著油輪的泡沫和防護罩的氣泡，幾乎完全消除了。

「不久就會到達目標地點。距離一千。」

惠艦長詢問聲納員。

「海底的深度爲何？」

「現在地點爲一百五十公尺。」

還很深。目標地點的海岸附近爲一百以下。

「目標地點距離六百。」

「準備發射機雷。」

惠艦長對副長說。江副長手放在發射按鈕上。

15

「艦長！日本海軍艦艇打來緊急無線電話！」

通信員紅著臉叫道。丁艦長皺著眉。

「什麼？日本海軍艦艇？」

丁艦長和黎司令面面相覷。

「說什麼？」

「想和艦長通話。」

「好，接過來。」

丁艦長感到很奇怪，手上握著聽筒。聽到流暢的英語。

『我是日本海上自衛隊第二潛水艦群第四潛水隊「雪潮」艦長蟹瀨少佐。』

「我是第二護衛艦隊群『成功』艦長丁文元中校。有什麼事嗎？」

『關於偵察中敵人潛水艦的情報。敵人潛水艦……』

丁艦長聽到情報，一陣愕然。慌忙地看著並排而走的油輪。

「真的嗎？」

『如果我艦的電腦解析正確的話，沒有其他的結論。』

「感謝貴艦的協助。」

丁艦長趕緊放下聽筒。

「怎麼回事？」

黎司令坐在司令席上問道。丁艦長臉上露出難以置信的表情說道：

「日本海軍潛水艦說，敵人潛水艦潛藏在油輪下或者是其航跡中。」

「什麼？我們的聲納無法探知嗎？」

丁艦長用麥克風問ＣＩＣ。

『油輪下方？或者是航跡中？我調查一下！』

ＣＩＣ的負責士官驚訝地叫道。

「爲什麼不在這兒的日本潛水艦能夠知道呢？」

「聽說他們潛水艦的搜查能力非常地棒。」

戰鬥士官很懊惱地說著。

「真難以置信。」

「艦長，先前CIC偵察到二艘潛水艦的影子，其中一艘是不是日本的潛水艦呢？」

混蛋！丁艦長感到很生氣。只是在那兒坐山觀虎鬥。西南航路不是日本重要的海上運輸路線嗎？防守這一條路線的不應該只是我們中華民國海軍的責任吧！在他人陷入窘境時還不出手幫助，真是太差勁了。

『艦長，的確有聲納反應。敵人潛水艦好像隱藏在油輪航跡中。』

CIC士官興奮地叫道。

是這樣嗎？丁艦長感到很懊惱。拚命地逃離敵人的誘導魚雷，卻忽略了追蹤敵人潛水艦的行蹤。因此，只知道它隱藏在海底，卻不知道就是在附近的油輪軌跡中。

丁艦長用望遠鏡看著冒起泡沫的油輪航跡。隱藏地真的是很巧妙啊！但是，由此更可以確信敵人就在那裡。

敵人潛水艦跟在油輪的後面到底想做什麼呢？從先前開始就一直在想這個問題。

爲什麼敵人潛水艦不願意發動魚雷攻擊，而採用奇妙的攻擊行動呢？以機雷爆破追蹤魚雷，卻隱藏在油輪的航跡下……。想到此處，丁艦長突然靈機一動。

難道敵人潛水艦負有鋪設機雷的任務嗎？難道是使用魚雷發射管鋪設係維式機雷嗎？因此，能用的魚雷很少，所以只能夠發射四枚。剩下的魚雷發射管全都塞滿了機雷，所以使用機雷來躲避追蹤魚雷的攻擊嗎？

應該就是這麼回事了，丁艦長這麼想。如此一來，如果不在對方撒下機雷之前擊沉敵人潛水艦的話，會發生嚴重的事態。丁艦長站起身來。

「好。趕緊與油輪船長取得緊急聯絡。通知油輪，告知敵人潛水艦就在航跡內。」

戰鬥士官看著丁艦長。

「你打算怎麼辦呢？」

丁艦長笑著，命令操舵員。

「左舵三十度」「左舵三十度」

操舵員覆誦。艦頭朝左旋轉，接近油輪。

丁艦長發誓，這次絕不會再讓他們逃走了！

16

「發射！」「六號發射」

惠艦長側耳傾聽來自發射管的壓搾空氣推出機雷的聲音。現在在魚雷發射管室，部下們一定在進行機雷的裝填作業。六發機雷即將要推出到大陸棚。只要發射剩下的八發，任務就終了了。這樣的話……。

這時，船艦突然大搖晃。聽到頭上響起震耳欲聾的聲音。

「艦長！油輪減速了。」

「急速潛航！」「急速潛航」

船艦又遇到劇烈的撞擊，艦橋特殊鋼鐵製的外殼，響起了粉碎的聲音。海水奔流到艦內。

惠艦長看著潛望鏡。真是不小心！沒有想到油輪會突然減速。

「浮上，急速浮上。」

惠艦長叫著。操舵員拼命地拉舵輪。拉起排水桿，艦開始往上浮。

可惡！惠艦長看看周圍。控制室淹水了。部下們全都被水衝到一邊去了。感覺船艦快速浮上。

最後的時期到來了。惠艦長腦海中想起故鄉的妻子和孩子。感覺到一陣白色的閃光，這是惠艦長最後的記憶。

17

潛水艦黑色的船體飛出海面，來到空中之後減弱了威力，好像橫倒似地整個艦體拋到海面上，然後艦體又再次沉入水中。

「攻擊！」

丁艦長怒吼著。護衛艦「成功」七六釐米單裝砲、四十釐米單裝砲一起發射，攻擊潛水艦。同時，從斜後方的護衛艦「德陽」一二七釐米五四口徑單裝速射砲也攻擊艦艇。潛水艦的船身各處粉碎，冒起黑煙爆炸了。

「停止攻擊！」

丁艦長命令。

潛水艦的船體分裂爲二，好像塔一樣躺在海面一樣，然後突然無力地沉沒到海中。海中發生大爆炸，海面遍撒船艦的碎片，掀起白浪，但是後來一切都歸於平靜。

丁艦長從艦橋，拿著望遠鏡看著潛水艦沉沒的情形。油輪後部螺旋槳破損，船頭繞到左側利用惰性移動。

「艦長，幹得好！」

年輕的戰鬥士官面露興奮的表情說著。

丁艦長點點頭。

艦橋的組員們高興地互相稱讚大家的表現。

「艦長，艦隊司令部打電話來。」

通信員遞出聽筒。丁艦長耳朵貼著聽筒。

「報告。擊沉一艘敵人潛水艦。我方的損害是——」

說到這時，丁艦長覺得好像有一道閃光飛向油輪的船身，接下來的一瞬間，在大聲響的同時油輪的船腹飛起。只是一瞬間的事情，水打在艦橋上，然後一切都恢復了平靜。

敵人的潛水艦已經撒下了機雷。丁艦長緊握著聽筒，看著十萬噸的巨大油輪冒起黑煙，一陣愕然。聽筒那兒傳來司令部的叫聲。

這次中臺海軍初次海戰的結果如下：

中國海軍的損害

千級通常動力級潛水艦　一艘擊沉

組員五十二人戰死

中華民國（臺灣）海軍的損傷

諾克斯級護衛艦　一艘擊沉

組員三十九人戰死　二十一人負傷

十萬噸油輪　一艘爆炸

流出大量的原油

經過這場海戰之後，大家知道通往臺灣海峽與東南沿岸的西南航路有機雷的危險，不能通行。而到達臺灣主要港口的出入口，都有安置機雷的危險性，因此在還沒有加以掃除之前，採取禁止民間船舶通行的措施。

臺灣的海上封鎖已經開始了。

（第三部　終了）

軍事力比較資料

●軍事資料

兩岸戰力比較

*這是美國國防部在紛爭開始時，推測估計各國軍事力的現狀

中國軍

總兵力／現役二九三萬人（其中徵召兵一二七萬人）
預備役一二〇萬人以上
以各省爲單位，還有民兵預備役

臺灣軍（中華民國）

總兵力／現役四十二萬五千人
預備役／陸軍一五〇萬人，海軍三萬二千五百人
空軍九萬人，海兵隊三萬五千人

⬅戰略戰力

司令部·北京（黨中央軍事委員會直轄）
戰略火箭部隊（第2砲兵部隊）九萬人
飛彈基地…6
大陸間彈道飛彈（ＩＣＢＭ） 20座（推測）
ＣＳＳ—4（ＤＦ—5） 4座
ＭＩＲＶ（多目標彈頭）搭載飛彈 16座
中距離彈道飛彈（ＩＲＢＭ） 60座

陸軍——現役二二〇萬人（包括戰略火箭部隊、徵收兵一〇七萬人在內）

七大軍區二十八省軍區三警備軍

統合集團軍二十四個（通常各軍由步兵師團三個，戰車旅團或戰車師團一個，砲兵旅團一個，高射砲旅團一個所編成）

戰鬥部隊

步兵師團七十八個（包括諸兵科聯合、機械化步兵師團二個在內）

機甲師團十個

野戰砲兵師團五個

獨立機甲旅團二個

獨立野戰砲兵旅團五個

獨立高射砲野團五個

獨立工兵連隊十五個

緊急展開部隊大隊六個

航空隊、直升機大隊群五個

傘兵部隊（要員隸屬空軍）軍團一個：傘兵師團三個

陸軍——二十八萬九千人（包括軍事警察在內）

三軍司令部、一傘兵特殊司令部

戰鬥部隊

步兵師團十個

機械化步兵師團二個

傘兵旅團二個

獨立機甲旅團六個

戰車群一個

地對空飛彈群二個：地對空飛彈大隊五個

飛行群二個：飛行隊六個

預備役：輕步兵師團七個

〔主要裝備〕

主力戰車	八〇〇〇輛
T─34／85型戰車	七〇〇輛
T─59型戰車	六〇〇〇輛
T─69型戰車（T─59改良型）	二〇〇輛
T─79、T─80型、T─85型ⅡM	一〇〇〇輛以上
輕戰車	約二〇〇〇輛
63型水陸兩用輕戰車	一二〇〇輛
62型輕戰車	八〇〇輛
步兵戰鬥車	一〇〇〇輛
裝甲兵員運輸車	三〇〇〇輛
牽引砲	一萬四五〇〇門
自動砲	二〇〇〇輛
連發火箭發射機	三八〇〇座
迫擊砲（包括牽引式、自動式在內）	五萬五〇〇〇門
高射砲（包括牽引式、自動式在內）	一萬五〇〇〇門

〔主要裝備〕

主力戰車	五五〇輛
M48─A5	三一〇輛
M─48H	二四〇輛
輕戰車	九〇五輛
M─24	二三〇輛
M41─6型	六七五輛
裝甲步兵戰鬥車M113	二二五輛
裝甲兵員運輸車	九五〇輛
M113	六五〇輛
V─150突擊車	三〇〇輛
牽引砲	一〇六〇門
自動砲	三一五門
對戰車誘導兵器TOW	一〇〇〇座
無反動砲	五〇〇門
高射砲（包括自動式在內）	四〇〇門
地對空飛彈	
奈基Ⅱ型	六〇枚
霍克	一〇〇枚

地對空飛彈　一〇〇〇枚
（包括自動式在内）
直升機　一〇〇架
其他還有地對空飛彈M—9（CSS—6/DF—11，射程＼500公里）、M—11（CSS—7/DF，射程一二〇～一五〇公里）、對戰車誘導兵器HJ—8（TOW米蘭型）、HJ—73（耐火型）、無反動砲、對戰車砲、火箭發射器等。

←海軍—現役二十六萬人
（包括海兵隊二萬五千人、海軍航空隊二萬五千人、沿岸地域防衛隊二萬五千人在内）
三艦隊編成—航空母艦二艘（估計）、水上戰鬥艦艇四五七艘、潛水艇一百艘、機雷戰艦艇一五〇艘、兩用戰艦艇四二五艘、支援艦艇、其他一八〇艘
北海艦隊—相當於瀋陽、北京、濟南軍區。進行從韓國國境到連雲港爲止的沿岸防衛及渤海和東海的海上防衛與監視。

其他，多連發火箭發射器、迫擊砲等多數
〔航空〕
固定翼機0—1　十架
直升機　一六〇架

←海軍—現役六萬八千人
（包括海兵隊三萬人在内）
三海軍區
基地：左營（司令部）、馬公、基隆。

基地：青島（司令部）、大連、葫蘆島、威海、長山。

部隊：潛水艇戰隊二個、護衛艦戰隊三個、兩用戰戰隊一個、其他還有渤海灣練習小艦隊。巡邏艦艇、沿岸戰鬥艦艇三〇〇艘

東海艦隊──相當於南京軍區。進行從連雲港到東山的沿岸防衛以及臺灣海峽及東海的海上防衛與監視。

基地：上海（司令部）、吳淞、定海、杭州。

部隊：潛水艦艇隊二個、護衛艦戰隊二個、機械水雷戰隊一個、兩用戰戰隊一個、巡邏艦艇、沿岸戰鬥艦艇二五〇艘。

海兵隊師團一個。沿岸地域防衛隊部隊。

南海艦隊──相當於廣州軍區。進行從東山到越南國境的沿岸防衛和南海的海上防衛與監視。

基地：湛江（司令部）、汕頭、廣州、海口、榆林、北海、黃埔、西沙群島、南沙群島的前進基地。

部隊：潛水艇戰隊二個、護衛艦戰隊二個、機雷戰戰隊一個、兩用戰戰隊一個、巡邏艦艇・沿岸戰鬥艦艇三〇〇艘。

海兵旅團一個。

〔艦艇、裝備〕

潛水艇	一〇〇艘
戰略核子潛水艇（漢級）	一艘
戰術潛水艇　攻擊型核子潛艇	五艘
非彈道飛彈普通型	二艘
攻擊型普通型	九十二艘

（但是現有一百艘中的五十艘太於過老舊，可能無法發揮作用。估計中國將會向俄羅斯購買四級柴油機推進潛水艇ＳＳＫ總數二十二艘，其中有十艘已經進口了）

主要水上戰鬥艦	七十艘
攻擊型航空母艦（輕航空母艦）	二艘
飛彈驅逐艦	二十二艘
飛彈護衛艦	四十四艘
護衛艦	二艘
巡邏艦艇、沿岸戰鬥艦	三八七艘
飛彈艇	二一七艘
魚雷艇	一六〇艘
機械水雷戰艦艇	一二〇艘

〔艦艇、裝備〕

潛水艇（普通型）	四艘
水上戰鬥艦艇	四十四艘
飛彈驅逐艦	七艘
驅逐艦	十五艘
飛彈護衛艦	五艘
護衛艦	十七艘
巡邏艦艇、沿岸戰鬥艦艇	一〇一艘
飛彈艇	五十二艘
掃海艇	四艘
內海巡邏艇	四十五艘
機械水雷戰艦艇	十三艘
兩用戰艦艇	二十一艘
兩用戰指揮艦	一艘
戰車登陸艦	十四艘
登陸艦	六艘
舟艇（多用途登陸艇等）	四〇〇艘
支援艦、其他艦船	十九艘
戰鬥支援艦	一艘

兩用戰艦艇　四二五艘
　戰車登陸艦　二十艘
　中型登陸艦　三十五艘
　多用途登陸艇（舟艇）　三二〇艘
　戰車登陸艇　十艘
　兵員登陸艇　四十艘
支援艦艇、其他　一七〇艘
　運輸艦　四十艘
　海上供油艦　三十五艘
　潛水艇支援艦　十艘
　其他　九十五艘
沿岸地域防衛隊
　獨立砲兵連隊及地對艦飛彈連隊　三十五個
海兵隊（海軍步兵）師團一個、旅團一個
　預備役：動員時爲師團八個（步兵連隊二十四個、戰車連隊八個、砲兵連隊八個）、獨立戰車連隊二個。
〔裝備〕主力戰車T—59型戰車、輕戰車、裝甲兵員運輸車、連發火箭發射器等。

運輸艦　六艘
支援供油艦　三艘
其他　九艘
沿岸防衛
　地對艦沿岸防衛飛彈大隊一個
海軍航空隊
　海上巡邏飛行隊一個。直升機飛行隊一個
　作戰機　三十二架
　武裝直升機　二十二架
海兵隊　三萬人
　海兵師團二個及支援隊

空軍——四十七萬人

（包括戰略部隊、防空要員二十二萬人、徵收兵十六萬人在內）

作戰機　五一二四架

七空軍區（相當於七大軍區）總司令部：北京

戰鬥部隊：航空師團二十一個（各航空師團由三個連隊所構成。連隊由三個飛行隊所構成，飛行隊有三個飛行小隊。飛行小隊由四到五架飛機所組成。各航空師團有一個整備部隊。配備運輸機、練習機。運輸機屬於連隊。）

轟炸機　四八〇架

　中型轟炸機（轟炸6、轟炸6改良型）　一六〇架

　輕型轟炸機（轟炸5）　三二〇架

對地攻擊戰鬥機　五〇〇架

　强擊5（Q—5）　一四〇架

　强擊5改良型　三六〇架

戰鬥機　四一四四架

　殲擊5（J—5）　二〇〇架

　殲擊6（J—6）、殲擊6改良型等　二五〇〇架

空軍——六萬七千人

作戰機　四七八架

戰鬥部隊：戰鬥航空團五個

對地攻擊戰鬥：戰鬥飛行隊十四個

　戰鬥機　四一〇架

　　F—5戰鬥機　二六〇架

　　F—104各種　九十四架

　　經國號　三十四架

　　F—16A/B　十二架

　　幻象2000—5　十架

偵察：飛行隊一個

　RF—104G　六架

搜索救難：飛行隊一個

　S—70　十四架

運輸：飛行隊八個

　固定翼機　六十三架

　直升機　二十架

其他練習機　一二二架

殲擊7（J—7）、殲擊7改良型等	七〇〇架
殲擊8（J—8）	四〇〇架
殲擊9（J—9）	二〇〇架
殲擊10（J—10）	一〇〇架
Yak—38	三十二架
Su—27	二十四架
MiG—31	二十架
偵察機	三〇〇架
運輸機	六〇〇架
直升機	四〇〇架
練習機及其他	四〇〇架
防空師團 16個	
高射砲	一萬六千門
獨立防空連隊 28個	
地對空飛彈部隊	一〇〇個

←準軍隊

人武裝警察（國防部）	一二〇萬人 師團60

←準軍隊

治安機關	二萬五千人
海上警察	一千人
海關	六百五十人

新・中國——日本戰爭
森詠著
(一)台灣獨立……二〇〇元
(二)兩岸衝突……二二〇元
(三)封鎖台灣……二二〇元
(四)中國分裂……二二〇元
各大書店均售

大展出版社有限公司　圖書目錄

地址：台北市北投區11204
致遠一路二段12巷1號
郵撥： 0166955～1

電話：(02) 8236031
8236033
傳眞：(02) 8272069

• 法律專欄連載 • 電腦編號 58

台大法學院　法律學系／策劃
法律服務社／編著

①別讓您的權利睡著了1	200元
②別讓您的權利睡著了2	200元

• 秘傳占卜系列 • 電腦編號 14

①手相術	淺野八郎著	150元
②人相術	淺野八郎著	150元
③西洋占星術	淺野八郎著	150元
④中國神奇占卜	淺野八郎著	150元
⑤夢判斷	淺野八郎著	150元
⑥前世、來世占卜	淺野八郎著	150元
⑦法國式血型學	淺野八郎著	150元
⑧靈感、符咒學	淺野八郎著	150元
⑨紙牌占卜學	淺野八郎著	150元
⑩ＥＳＰ超能力占卜	淺野八郎著	150元
⑪猶太數的秘術	淺野八郎著	150元
⑫新心理測驗	淺野八郎著	160元
⑬塔羅牌預言秘法	淺野八郎著	200元

• 趣味心理講座 • 電腦編號 15

①性格測驗１	探索男與女	淺野八郎著	140元
②性格測驗２	透視人心奧秘	淺野八郎著	140元
③性格測驗３	發現陌生的自己	淺野八郎著	140元
④性格測驗４	發現你的真面目	淺野八郎著	140元
⑤性格測驗５	讓你們吃驚	淺野八郎著	140元
⑥性格測驗６	洞穿心理盲點	淺野八郎著	140元
⑦性格測驗７	探索對方心理	淺野八郎著	140元
⑧性格測驗８	由吃認識自己	淺野八郎著	140元

⑨性格測驗９	戀愛知多少	淺野八郎著	160元
⑩性格測驗10	由裝扮瞭解人心	淺野八郎著	160元
⑪性格測驗11	敲開內心玄機	淺野八郎著	140元
⑫性格測驗12	透視你的未來	淺野八郎著	140元
⑬血型與你的一生		淺野八郎著	160元
⑭趣味推理遊戲		淺野八郎著	160元
⑮行爲語言解析		淺野八郎著	160元

・婦 幼 天 地・電腦編號 16

①八萬人減肥成果	黃靜香譯	180元
②三分鐘減肥體操	楊鴻儒譯	150元
③窈窕淑女美髮秘訣	柯素娥譯	130元
④使妳更迷人	成　玉譯	130元
⑤女性的更年期	官舒妍編譯	160元
⑥胎內育兒法	李玉瓊編譯	150元
⑦早產兒袋鼠式護理	唐岱蘭譯	200元
⑧初次懷孕與生產	婦幼天地編譯組	180元
⑨初次育兒12個月	婦幼天地編譯組	180元
⑩斷乳食與幼兒食	婦幼天地編譯組	180元
⑪培養幼兒能力與性向	婦幼天地編譯組	180元
⑫培養幼兒創造力的玩具與遊戲	婦幼天地編譯組	180元
⑬幼兒的症狀與疾病	婦幼天地編譯組	180元
⑭腿部苗條健美法	婦幼天地編譯組	180元
⑮女性腰痛別忽視	婦幼天地編譯組	150元
⑯舒展身心體操術	李玉瓊編譯	130元
⑰三分鐘臉部體操	趙薇妮著	160元
⑱生動的笑容表情術	趙薇妮著	160元
⑲心曠神怡減肥法	川津祐介著	130元
⑳內衣使妳更美麗	陳玄茹譯	130元
㉑瑜伽美姿美容	黃靜香編著	150元
㉒高雅女性裝扮學	陳珮玲譯	180元
㉓蠶糞肌膚美顏法	坂梨秀子著	160元
㉔認識妳的身體	李玉瓊譯	160元
㉕產後恢復苗條體態	居理安・芙萊喬著	200元
㉖正確護髮美容法	山崎伊久江著	180元
㉗安琪拉美姿養生學	安琪拉蘭斯博瑞著	180元
㉘女體性醫學剖析	增田豐著	220元
㉙懷孕與生產剖析	岡部綾子著	180元
㉚斷奶後的健康育兒	東城百合子著	220元
㉛引出孩子幹勁的責罵藝術	多湖輝著	170元

㉜培養孩子獨立的藝術	多湖輝著	170元
㉝子宮肌瘤與卵巢囊腫	陳秀琳編著	180元
㉞下半身減肥法	納他夏・史達賓著	180元
㉟女性自然美容法	吳雅菁編著	180元
㊱再也不發胖	池園悅太郎著	170元
㊲生男生女控制術	中垣勝裕著	220元
㊳使妳的肌膚更亮麗	楊　皓編著	170元
㊴臉部輪廓變美	芝崎義夫著	180元
㊵斑點、皺紋自己治療	高須克彌著	180元
㊶面皰自己治療	伊藤雄康著	180元
㊷隨心所欲瘦身冥想法	原久子著	180元
㊸胎兒革命	鈴木丈織著	180元
㊹NS磁氣平衡法塑造窈窕奇蹟	古屋和江著	180元

・青春天地・電腦編號17

①A血型與星座	柯素娥編譯	160元
②B血型與星座	柯素娥編譯	160元
③O血型與星座	柯素娥編譯	160元
④AB血型與星座	柯素娥編譯	120元
⑤青春期性教室	呂貴嵐編譯	130元
⑥事半功倍讀書法	王毅希編譯	150元
⑦難解數學破題	宋釗宜編譯	130元
⑧速算解題技巧	宋釗宜編譯	130元
⑨小論文寫作秘訣	林顯茂編譯	120元
⑪中學生野外遊戲	熊谷康編著	120元
⑫恐怖極短篇	柯素娥編譯	130元
⑬恐怖夜話	小毛驢編譯	130元
⑭恐怖幽默短篇	小毛驢編譯	120元
⑮黑色幽默短篇	小毛驢編譯	120元
⑯靈異怪談	小毛驢編譯	130元
⑰錯覺遊戲	小毛驢編譯	130元
⑱整人遊戲	小毛驢編著	150元
⑲有趣的超常識	柯素娥編譯	130元
⑳哦！原來如此	林慶旺編譯	130元
㉑趣味競賽100種	劉名揚編譯	120元
㉒數學謎題入門	宋釗宜編譯	150元
㉓數學謎題解析	宋釗宜編譯	150元
㉔透視男女心理	林慶旺編譯	120元
㉕少女情懷的自白	李桂蘭編譯	120元
㉖由兄弟姊妹看命運	李玉瓊編譯	130元

㉗趣味的科學魔術	林慶旺編譯	150元
㉘趣味的心理實驗室	李燕玲編譯	150元
㉙愛與性心理測驗	小毛驢編譯	130元
㉚刑案推理解謎	小毛驢編譯	130元
㉛偵探常識推理	小毛驢編譯	130元
㉜偵探常識解謎	小毛驢編譯	130元
㉝偵探推理遊戲	小毛驢編譯	130元
㉞趣味的超魔術	廖玉山編著	150元
㉟趣味的珍奇發明	柯素娥編著	150元
㊱登山用具與技巧	陳瑞菊編著	150元

•健康天地• 電腦編號 18

①壓力的預防與治療	柯素娥編譯	130元
②超科學氣的魔力	柯素娥編譯	130元
③尿療法治病的神奇	中尾良一著	130元
④鐵證如山的尿療法奇蹟	廖玉山譯	120元
⑤一日斷食健康法	葉慈容編譯	150元
⑥胃部強健法	陳炳崑譯	120元
⑦癌症早期檢查法	廖松濤譯	160元
⑧老人痴呆症防止法	柯素娥編譯	130元
⑨松葉汁健康飲料	陳麗芬編譯	130元
⑩揉肚臍健康法	永井秋夫著	150元
⑪過勞死、猝死的預防	卓秀貞編譯	130元
⑫高血壓治療與飲食	藤山順豐著	150元
⑬老人看護指南	柯素娥編譯	150元
⑭美容外科淺談	楊啟宏著	150元
⑮美容外科新境界	楊啟宏著	150元
⑯鹽是天然的醫生	西英司郎著	140元
⑰年輕十歲不是夢	梁瑞麟譯	200元
⑱茶料理治百病	桑野和民著	180元
⑲綠茶治病寶典	桑野和民著	150元
⑳杜仲茶養顏減肥法	西田博著	150元
㉑蜂膠驚人療效	瀨長良三郎著	180元
㉒蜂膠治百病	瀨長良三郎著	180元
㉓醫藥與生活	鄭炳全著	180元
㉔鈣長生寶典	落合敏著	180元
㉕大蒜長生寶典	木下繁太郎著	160元
㉖居家自我健康檢查	石川恭三著	160元
㉗永恒的健康人生	李秀鈴譯	200元
㉘大豆卵磷脂長生寶典	劉雪卿譯	150元

㉙芳香療法	梁艾琳譯	160元
㉚醋長生寶典	柯素娥譯	180元
㉛從星座透視健康	席拉・吉蒂斯著	180元
㉜愉悅自在保健學	野本二士夫著	160元
㉝裸睡健康法	丸山淳士等著	160元
㉞糖尿病預防與治療	藤田順豐著	180元
㉟維他命長生寶典	菅原明子著	180元
㊱維他命C新效果	鐘文訓編	150元
㊲手、腳病理按摩	堤芳朗著	160元
㊳AIDS瞭解與預防	彼得塔歇爾著	180元
㊴甲殼質殼聚糖健康法	沈永嘉譯	160元
㊵神經痛預防與治療	木下眞男著	160元
㊶室內身體鍛鍊法	陳炳崑編著	160元
㊷吃出健康藥膳	劉大器編著	180元
㊸自我指壓術	蘇燕謀編著	160元
㊹紅蘿蔔汁斷食療法	李玉瓊編著	150元
㊺洗心術健康秘法	竺翠萍編譯	170元
㊻枇杷葉健康療法	柯素娥編譯	180元
㊼抗衰血癒	楊啟宏著	180元
㊽與癌搏鬥記	逸見政孝著	180元
㊾冬蟲夏草長生寶典	高橋義博著	170元
㊿痔瘡・大腸疾病先端療法	宮島伸宜著	180元
51膠布治癒頑固慢性病	加瀨建造著	180元
52芝麻神奇健康法	小林貞作著	170元
53香煙能防止癡呆？	高田明和著	180元
54穀菜食治癌療法	佐藤成志著	180元
55貼藥健康法	松原英多著	180元
56克服癌症調和道呼吸法	帶津良一著	180元
57Ｂ型肝炎預防與治療	野村喜重郎著	180元
58青春永駐養生導引術	早島正雄著	180元
59改變呼吸法創造健康	原久子著	180元
60荷爾蒙平衡養生秘訣	出村博著	180元
61水美肌健康法	井戶勝富著	170元
62認識食物掌握健康	廖梅珠編著	170元
63痛風劇痛消除法	鈴木吉彥著	180元
64酸莖菌驚人療效	上田明彥著	180元
65大豆卵磷脂治現代病	神津健一著	200元
66時辰療法──危險時刻凌晨４時	呂建強等著	180元
67自然治癒力提升法	帶津良一著	180元
68巧妙的氣保健法	藤平墨子著	180元
69治癒Ｃ型肝炎	熊田博光著	180元

⑳肝臟病預防與治療	劉名揚編著	180元
㉑腰痛平衡療法	荒井政信著	180元
㉒根治多汗症、狐臭	稻葉益巳著	220元
㉓40歲以後的骨質疏鬆症	沈永嘉譯	180元
㉔認識中藥	松下一成著	180元
㉕認識氣的科學	佐佐木茂美著	180元
㉖我戰勝了癌症	安田伸著	180元
㉗斑點是身心的危險信號	中野進著	180元
㉘艾波拉病毒大震撼	玉川重德著	180元
㉙重新還我黑髮	桑名隆一郎著	180元
㉚身體節律與健康	林博史著	180元
㉛生薑治萬病	石原結實著	180元

•實用女性學講座•電腦編號 19

①解讀女性內心世界	島田一男著	150元
②塑造成熟的女性	島田一男著	150元
③女性整體裝扮學	黃靜香編著	180元
④女性應對禮儀	黃靜香編著	180元
⑤女性婚前必修	小野十傳著	200元
⑥徹底瞭解女人	田口二州著	180元
⑦拆穿女性謊言88招	島田一男著	200元
⑧解讀女人心	島田一男著	200元

•校 園 系 列•電腦編號 20

①讀書集中術	多湖輝著	150元
②應考的訣竅	多湖輝著	150元
③輕鬆讀書贏得聯考	多湖輝著	150元
④讀書記憶秘訣	多湖輝著	150元
⑤視力恢復！超速讀術	江錦雲譯	180元
⑥讀書36計	黃柏松編著	180元
⑦驚人的速讀術	鐘文訓編著	170元
⑧學生課業輔導良方	多湖輝著	180元
⑨超速讀超記憶法	廖松濤編著	180元
⑩速算解題技巧	宋釗宜編著	200元
⑪看圖學英文	陳炳崑編著	200元

•實用心理學講座•電腦編號 21

①拆穿欺騙伎倆	多湖輝著	140元

②創造好構想	多湖輝著	140元
③面對面心理術	多湖輝著	160元
④偽裝心理術	多湖輝著	140元
⑤透視人性弱點	多湖輝著	140元
⑥自我表現術	多湖輝著	180元
⑦不可思議的人性心理	多湖輝著	150元
⑧催眠術入門	多湖輝著	150元
⑨責罵部屬的藝術	多湖輝著	150元
⑩精神力	多湖輝著	150元
⑪厚黑說服術	多湖輝著	150元
⑫集中力	多湖輝著	150元
⑬構想力	多湖輝著	150元
⑭深層心理術	多湖輝著	160元
⑮深層語言術	多湖輝著	160元
⑯深層說服術	多湖輝著	180元
⑰掌握潛在心理	多湖輝著	160元
⑱洞悉心理陷阱	多湖輝著	180元
⑲解讀金錢心理	多湖輝著	180元
⑳拆穿語言圈套	多湖輝著	180元
㉑語言的內心玄機	多湖輝著	180元

• 超現實心理講座 • 電腦編號 22

①超意識覺醒法	詹蔚芬編譯	130元
②護摩秘法與人生	劉名揚編譯	130元
③秘法！超級仙術入門	陸　明譯	150元
④給地球人的訊息	柯素娥編著	150元
⑤密教的神通力	劉名揚編著	130元
⑥神秘奇妙的世界	平川陽一著	180元
⑦地球文明的超革命	吳秋嬌譯	200元
⑧力量石的秘密	吳秋嬌譯	180元
⑨超能力的靈異世界	馬小莉譯	200元
⑩逃離地球毀滅的命運	吳秋嬌譯	200元
⑪宇宙與地球終結之謎	南山宏著	200元
⑫驚世奇功揭秘	傅起鳳著	200元
⑬啟發身心潛力心象訓練法	栗田昌裕著	180元
⑭仙道術遁甲法	高藤聰一郎著	220元
⑮神通力的秘密	中岡俊哉著	180元
⑯仙人成仙術	高藤聰一郎著	200元
⑰仙道符咒氣功法	高藤聰一郎著	220元
⑱仙道風水術尋龍法	高藤聰一郎著	200元

⑲仙道奇蹟超幻像	高藤聰一郎著	200元
⑳仙道鍊金術房中法	高藤聰一郎著	200元
㉑奇蹟超醫療治癒難病	深野一幸著	220元
㉒揭開月球的神秘力量	超科學研究會	180元
㉓西藏密教奧義	高藤聰一郎著	250元

・養 生 保 健・電腦編號 23

①醫療養生氣功	黃孝寬著	250元
②中國氣功圖譜	余功保著	230元
③少林醫療氣功精粹	井玉蘭著	250元
④龍形實用氣功	吳大才等著	220元
⑤魚戲增視強身氣功	宮　嬰著	220元
⑥嚴新氣功	前新培金著	250元
⑦道家玄牝氣功	張　章著	200元
⑧仙家秘傳袪病功	李遠國著	160元
⑨少林十大健身功	秦慶豐著	180元
⑩中國自控氣功	張明武著	250元
⑪醫療防癌氣功	黃孝寬著	250元
⑫醫療強身氣功	黃孝寬著	250元
⑬醫療點穴氣功	黃孝寬著	250元
⑭中國八卦如意功	趙維漢著	180元
⑮正宗馬禮堂養氣功	馬禮堂著	420元
⑯秘傳道家筋經內丹功	王慶餘著	280元
⑰三元開慧功	辛桂林著	250元
⑱防癌治癌新氣功	郭　林著	180元
⑲禪定與佛家氣功修煉	劉天君著	200元
⑳顛倒之術	梅自強著	360元
㉑簡明氣功辭典	吳家駿編	360元
㉒八卦三合功	張全亮著	230元
㉓朱砂掌健身養生功	楊　永著	250元
㉔抗老功	陳九鶴著	230元

・社會人智囊・電腦編號 24

①糾紛談判術	清水增三著	160元
②創造關鍵術	淺野八郎著	150元
③觀人術	淺野八郎著	180元
④應急詭辯術	廖英迪編著	160元
⑤天才家學習術	木原武一著	160元
⑥猫型狗式鑑人術	淺野八郎著	180元

⑦逆轉運掌握術	淺野八郎著	180元
⑧人際圓融術	澀谷昌三著	160元
⑨解讀人心術	淺野八郎著	180元
⑩與上司水乳交融術	秋元隆司著	180元
⑪男女心態定律	小田晉著	180元
⑫幽默說話術	林振輝編著	200元
⑬人能信賴幾分	淺野八郎著	180元
⑭我一定能成功	李玉瓊譯	180元
⑮獻給青年的嘉言	陳蒼杰譯	180元
⑯知人、知面、知其心	林振輝編著	180元
⑰塑造堅強的個性	坂上肇著	180元
⑱爲自己而活	佐藤綾子著	180元
⑲未來十年與愉快生活有約	船井幸雄著	180元
⑳超級銷售話術	杜秀卿譯	180元
㉑感性培育術	黃靜香編著	180元
㉒公司新鮮人的禮儀規範	蔡媛惠譯	180元
㉓傑出職員鍛鍊術	佐佐木正著	180元
㉔面談獲勝戰略	李芳黛譯	180元
㉕金玉良言撼人心	森純大著	180元
㉖男女幽默趣典	劉華亭編著	180元
㉗機智說話術	劉華亭編著	180元
㉘心理諮商室	柯素娥譯	180元
㉙如何在公司頭角崢嶸	佐佐木正著	180元
㉚機智應對術	李玉瓊編著	200元
㉛克服低潮良方	坂野雄二著	180元
㉜智慧型說話技巧	沈永嘉編著	元
㉝記憶力、集中力增進術	廖松濤編著	180元

•精 選 系 列• 電腦編號25

①毛澤東與鄧小平	渡邊利夫等著	280元
②中國大崩裂	江戶介雄著	180元
③台灣•亞洲奇蹟	上村幸治著	220元
④7-ELEVEN高盈收策略	國友隆一著	180元
⑤台灣獨立	森　詠著	200元
⑥迷失中國的末路	江戶雄介著	220元
⑦2000年5月全世界毀滅	紫藤甲子男著	180元
⑧失去鄧小平的中國	小島朋之著	220元
⑨世界史爭議性異人傳	桐生操著	200元
⑩淨化心靈享人生	松濤弘道著	220元
⑪人生心情診斷	賴藤和寬著	220元

⑫中美大決戰	檜山良昭著	220元

•運 動 遊 戲•電腦編號 26

①雙人運動	李玉瓊譯	160元
②愉快的跳繩運動	廖玉山譯	180元
③運動會項目精選	王佑京譯	150元
④肋木運動	廖玉山譯	150元
⑤測力運動	王佑宗譯	150元

•休 閒 娛 樂•電腦編號 27

①海水魚飼養法	田中智浩著	300元
②金魚飼養法	曾雪玫譯	250元
③熱門海水魚	毛利匡明著	480元
④愛犬的教養與訓練	池田好雄著	250元

•銀髮族智慧學•電腦編號 28

①銀髮六十樂逍遙	多湖輝著	170元
②人生六十反年輕	多湖輝著	170元
③六十歲的決斷	多湖輝著	170元

•飲 食 保 健•電腦編號 29

①自己製作健康茶	大海淳著	220元
②好吃、具藥效茶料理	德永睦子著	220元
③改善慢性病健康藥草茶	吳秋嬌譯	200元
④藥酒與健康果菜汁	成玉編著	250元

•家庭醫學保健•電腦編號 30

①女性醫學大全	雨森良彥著	380元
②初為人父育兒寶典	小瀧周曹著	220元
③性活力強健法	相建華著	220元
④30歲以上的懷孕與生產	李芳黛編著	220元
⑤舒適的女性更年期	野末悅子著	200元
⑥夫妻前戲的技巧	笠井寬司著	200元
⑦病理足穴按摩	金慧明著	220元
⑧爸爸的更年期	河野孝旺著	200元
⑨橡皮帶健康法	山田晶著	200元

國家圖書館出版品預行編目資料

封鎖台灣　新・中國-日本戰爭(三)/森詠著；林雅倩譯
——初版，——臺北市，大展，民86
面；21公分，——（精選系列；15）
譯自：新・日本中國戰爭（第三部）台灣封鎖
ISBN 957-557-781-7（平裝）

861.57　　86014546

SHIN NIHON CHUGOKU SENSOU Vol.3 TAIWAN FUUSA by Ei Mori
Copyright © 1996 by Ei Mori
All rights reserved
First published in Japan in 1996 by Gakken Co., Ltd.
Chinese translation rights arranged with Gakken Co., Ltd.
through Japan Foreign-Rights Centre/Keio Cultural Enterprise Co., Ltd.
版權仲介：京王文化事業有限公司
【版權所有・翻印必究】

封鎖台灣　新・中國－日本戰爭(三)　ISBN 957-557-781-7

原著者/森　詠
編著者/林雅倩
發行人/蔡森明
出版者/大展出版社有限公司
社　址/台北市北投區（石牌）致遠一路2段12巷1號
電　話/（02）28236031・28236033
傳　真/（02）28272069
郵政劃撥/0166955-1
登記證/局版臺業字第2171號
承印者/國順圖書印刷公司
裝　訂/嶸興裝訂所限公司
排版者/弘益電腦排版有限公司
電　話/（02）27403609・27112792
初版1刷/1997年（民86年）12月

定　價/220元

●本書若有破損缺頁敬請寄回本社更換●

大展好書 好書大展

大展好書　好書大展